U0040956

to the moon

我們想去的地方

달까지 가자

장류진
張琉珍——著
胡椒筒——譯

目
次
Contents

第一部

달까지 가자

萬幸

二〇一七年一月十七日

我工作了五年，年資三年十一個月。

如果問我在這段說長不長、說短不短的職場生活中有什麼魔咒的話，就是見客戶和組長了。見客戶向來如此，時而順，時而不順；至於組長，雖說共事起來也不是一直都很倒楣，但只要我們一起去見客戶，就一定會遇到各種大大小小的麻煩。

在公司門前搭計程車的時候，我還覺得時間綽綽有餘，況且今天我們比平時更早出門。但是當計程車開往我們的大客戶J-mart總部約五分鐘左右的時候，坐在我右邊的組長開口說：

「多海，妳聽說了嗎？J-mart旁邊那棟樓開了一間在江南[1]很有名的專業手沖咖啡店。那是第二間分店，聽說咖啡比總店的還好喝，超人氣咖啡店都是大排長龍的。」

組長接著說：

「我早上都還沒喝到咖啡，等一下跟客戶開會前，我打算去買一杯。」

組長非常喜歡喝咖啡，每天都拿著不同品牌的外帶咖啡來上班，下班前還會再喝上三、四杯。今天早上他特意沒有喝，就是為了去J-mart總部旁邊那間新開的咖啡店喝第一杯。這對他來講可是一個重大決定，但我沒什麼特別的想法，因為我不懂咖啡，只覺得既然人人都說好喝，那不妨也跟著喝一杯好了。

我們下了計程車，組長說的那間咖啡店並沒有想像中的大，正因為這樣，還沒到上班時間就已經排起了人龍。我看到店外如遊樂園裡圍起伸縮圍欄的光景，不禁大吃一驚。

「人也太多了吧！」

「是啊，人也太多了！」

雖然我們講著相同的話，但含義卻不一樣。

「到底是有多好喝，才會排這麼多人啊？真想快點喝一杯。」

1 韓國首爾的行政區之一，因位於漢江以南而得名「江南」。

組長走到隊伍的尾端。距離開會還有三十分鐘。雖然開會地點J-mart總部就在隔壁大樓，但眼前的人龍始終沒有縮短。我很擔心，因為就算輪到我們點餐，還要再算上沖咖啡和領咖啡的時間。我一聲不響地看了半天組長的臉色，最後終於忍不住先開了口：

「不如我們開完會再來喝吧？我擔心這樣排下去會遲到……」

「沒事啦。開會地點就在旁邊，不會的，不會遲到的。」

組長擺擺手，還莫名其妙地數落我說，一個在製菓公司上班的人怎麼對新產品一點也不感興趣呢？

「多海，妳知道互補產品[2]嗎？」

雖然我很想反問他：「怎麼可能不知道？」但還是忍了下來。組長接著又說，大體上製菓和咖啡屬於同一種產業，第一時間品嚐新問世的、熱銷的產品也算是工作的延伸。他還強詞奪理地補充道，這是標竿管理[3]的一個環節，也算是市場調查。就算他說的都對，但非要現在嗎？我做出讓步，看了一眼手機，已經十點四十五分。

「組長，還有十五分鐘，您一定要現在喝嗎？」

「嗯，我要喝。都排隊了，不喝多可惜啊，馬上就到我們了。」

無論怎麼想，我都覺得這樣下去不行。

「開完會再喝也不遲啊。」

我忍不住又多說一句：

「如果開會遲到的話，您負責嗎？」

組長抬頭看著櫃檯上方的菜單，對我的話似聽非聽。他突然轉過頭一邊盯著我，一邊捲起左手大衣的袖口，用右手食指敲了敲手錶說：

「多海，妳也知道咖啡對我有多重要。現在都快十一點了，我還沒有攝取到咖啡因呢。不喝咖啡，等一下開會報告得不好的話，妳負責嗎？」

組長是職務上的負責人，顧名思義，他的存在就是為了承擔責任，然而我的組長無論在任何情況下都不會說出負責任的話，就連在這種情況下也是。不喝咖啡就會口齒不清嗎？開會和咖啡，咖啡和開會，到底哪個更重要呢？

十點四十七分，我們點了咖啡。十點五十一分，兩杯咖啡沖好了。十點

2 指兩種商品之間的消費互相影響。若其一價格提高，會使另一種連帶需求下降，比如印表機和墨水。

3 指以卓越的公司作為學習對象，持續改善並強化自家公司的競爭優勢。

五十二分，我們走出了咖啡店。十點五十三分，組長高喊一聲：「快跑！」十點五十四分，我手中的外帶杯杯蓋鬆開，熱騰騰的拿鐵一下子溢了出來。我連一聲「啊，好燙！」都還沒來得及說出口，只見米色的毛料大衣袖口、象牙白的羊毛針織衫正中央、絨面皮革材質的靴子鞋尖和筆電包全都濕了。十點五十五分，組長從夾克的內口袋掏出髒兮兮的手帕，慌慌張張地擦了兩下我的筆電包。他邊擦邊擔心地問：「筆電應該沒事吧？」並指責我說：「我們這麼趕時間，妳還這麼不小心。」我不禁愣住了。十點五十六分，我們在J-mart總部的服務檯用各自的身分證換了訪客證。十點五十九分，電梯抵達十四樓。我口乾舌燥，很想喝點什麼，但杯裡連一滴咖啡也不剩，全都灑光了。十一點，組長猛地推開會議室的門，走進去的同時高呼道：「大家好，我是瑪龍製菓零食組的組長高大永！」他簡直像是活動現場上一邊跑上臺，一邊向觀眾打招呼的歌手。

一名身上滿是淡褐色污漬且散發著乳臭味的社員，以及一名如傳統演歌歌手般一邊自我介紹一邊入場的組長，幸虧業務部的人提早趕到，不然氣氛就太尷尬了。針對即將到來的情人節活動企劃案和佈置大賣場的提案報告順利結束後，我努力說服自己：組長說的沒錯，多虧了他喝到人氣咖啡，所以會議才能順利結束。在回程的計程車上，組長先開口說：

「剛才那杯咖啡啊。」

他嘴裡發出咂咂聲，接著說：

「妳不覺得很好喝嗎？太好喝了，心情都跟著變好了。」

真是教人啞口無言。如果是在三年十一個月之前，我會說什麼呢？可能只會隨聲附和一句：「是啊！」但經過這三年又十一個月的時間，我終於領悟到，人要是一直這麼隨聲附和下去，就會變得跟充滿蒸氣的密封容器一樣危險，必須找到一個能排出熱氣的氣孔。這個氣孔不需要太大，只要很小的一個，哪怕是一條小小的隙縫也好。這樣一來，那曾經令人害怕到不敢碰觸的、岌岌可危的沸騰著的某種東西，便能滋滋作響地沿著那條小隙縫溜出去。不能讓它爆炸，不能讓容器爆裂。我隨聲附和之後，又補充了一句：

「真是萬幸，至少組長的心情很好。」

我話音剛落，組長連眼睛也不眨一下地說：

「是啊，妳從早上就擺著一張臭臉，害我心情很差，多虧喝到那杯咖啡，心情變好了。」

他果真不是一個正常的傢伙，我很肯定他不是正常人。我半瞇著眼睛笑了笑。

「真是萬幸，萬幸啊。」

「是吧？真是萬幸。」

我默默地把視線從組長身上移開，轉頭望向窗外的同時，放鬆了臉部緊繃的肌肉，我明顯感受到勉強用力上揚的嘴角在重力的作用下落回原位。

雖然還是嚴冬，但那天的氣溫回升，就連窗外的風景看上去也像春天一樣溫暖。天空萬里無雲，正午的陽光灑落在城市的風景之上，從眼前一閃而過的萬物彷彿都在閃閃發光。高低各異的大樓，樓與樓之間忽隱忽現的藍天，道路兩旁看似靜止、但時而隨風擺動的樹枝，身穿舒適衣服走在街頭的人們的臉龐。我的視線一邊追隨著那些人，一邊在心裡想像他們要去哪裡。不知為何，我覺得他們好像都在往家的方向走，我羨慕不已。我現在要是也能下班就好了，如果這輛計程車能直接開回家該有多好！

「小姐，到了。」

聽到司機的話，我睜眼一看，計程車停在了家門口。我抓著紅磚建築外牆的鐵製樓梯扶手，一步兩個臺階，快速走到二樓。打開大門後，我把佈滿咖啡污漬的大衣和濕漉漉的針織衫脫下來，隨手丟在地上，然後去洗了個熱水澡。我毫不吝嗇地把散發著蜂蜜香氣的沐浴乳擠在沐浴球上，再淋上少許的水，揉出大量泡沫，擦遍全身。為了使有密度的泡沫包裹住全身，我又擠了兩下沐浴乳，揉出更多泡沫。全身都是泡沫之後，我閉上眼睛，站在蓮蓬頭下淋了半天直噴而下的熱水。我在蓮蓬頭下站了許久，直到肩膀的疲勞徹底消除，整個人從手指到腳趾都變得酥軟……等一下，大事不妙了！

等我回過神時，廁所地面已經全是泡沫。泡沫水流過佔據了廁所二分之一面積的直立式洗衣機，一路流到廁所門外。出大事了！因為廁所沒有排風扇，為了驅散水蒸氣而安裝了一扇像是公廁那種上下打通的門，而且廁所和房間之間沒有門檻。廁所的瓷磚與高度相同的房間地板貼相連，為防止廁所的水流到房間，我用透明膠帶在連接處黏了好幾層。但不管怎樣，如果稍微疏忽大意的話，泡沫水就會自然地流進房間。不能傻愣著發呆！我趕快關掉水龍頭，用一條大浴巾包裹住身體，打開廁所的門。該死！我到底洗了多久？只見眼前狹小的房間變成了汪洋大海，從廁所流出來的泡沫水流過廁所對面的水槽，一直蔓延到了牆角處的單人床。放在床底下的收納紙箱早已被水浸濕成褐色，就連丟在地上的衣服也都濕了。不可能！我緊閉雙眼，又睜開眼睛。

計程車停在公司門口。我作了一個太過現實的夢。想像回家只是為了轉換一下心情，可為什麼連在夢裡也會發生這種事呢？不知從何時開始，白天經歷的事情都會原封不動、沒有任何修飾或暗示地出現在夢裡。我現在住的套房每兩年續約一次，眼看今年夏天合約就要到期了。難道是因為我最近心裡想著必須搬家，所以才作了這種夢——我怎麼會這麼單純呢？我感到十分沮喪。我一邊暗自決定這個週末一定要去房屋仲介看房子，一邊用公司的信用卡付了車費。

不知不覺間，組長已經穿過公司大門走進大廳。我遠遠望著他的背影，心裡雖然想著得趕緊追上去，但雙腿卻像是灌了鉛似的，邁不開步伐。距離下班還有五個小時，可我的衣服裡外都是濕的，真的好想快點回家。不如請半天假？但我還有一堆截至明天要做完的工作，更何況組長也不會同意。還是直接跟他說我想回家換件衣服？但這種理由連我自己都覺得難以啟齒。不然就去附近的商店買一件毛衣？但距離發薪日還有一個星期，帳戶裡的餘額也已經開始倒數了。不能把錢花在這種地方，如果是夏天還好，冬天的衣服真的太貴了。

我努力尋找能讓自己心甘情願走進公司的理由。肯定能找到一個理由，會有的，仔細想想。搞什麼？為什麼想不出來？就在我絞盡腦汁想得快要頭痛發作時，腦海中突然浮現出一個黃色的小盒子。那是今天早上隔壁組組長從國外出差回來帶給大家的香蕉蛋糕，去年有人從國外旅行回來也分送給大家吃過。打開黃色的小盒子，每個巴掌大的蛋糕都是單獨包裝，包裝紙上畫著藍色的絲帶和黃色的香蕉。撕開包裝紙，裡面是一塊和包裝紙上畫著的香蕉大小相同的蛋糕，咬上一口便能感受到滿嘴的香甜和黏稠，彷彿裡面塞滿了碾碎的香蕉。每個人拿一塊的話，我們這組的圓桌上一定還留有我的那一份。

「如果沒留給我就有你們好看的，到時候我真的會請假半天喔。」

只是隨口嘟囔一句罷了，我哪有那股勇氣呢。我如同一塊香蕉蛋糕，滿腦子想著香蕉蛋糕走進了辦公室。

普通

二〇一七年三月十三日

一年之中，總有那樣的日子，從表面上看來似乎與以往沒有什麼不同，但辦公室裡卻流動著令人不自在的氣氛。每個人看著自己的電腦螢幕，眼神卻懸在空中，就連敲鍵盤和點滑鼠的聲音都充斥著緊張感。明明沒有什麼特別的騷動，而且比平時還要安靜，但大家心裡都亂糟糟的。那樣的日子教人特別心煩意亂。

一走進辦公室，直覺便告訴我，今天就是那樣的日子。我邊開電腦邊緩慢地做了一個深呼吸，登入信箱後點開人力資源部的郵件，跟著點開正文中的連結。

唉……又是？我嘆了一口氣，把胳膊架在桌上，雙手撐著額頭，一下子洩了氣，眼皮自動地闔上。我閉目片刻，睜開眼睛後又凝視了半天桌上的灰塵，最後無力地搓揉了臉兩下。我在B03的群組聊天室裡傳了一則訊息：

—我是普通。

很快的，恩祥姊和智頌接連回覆道：

—普通。

—我也是普通……

眼下正值評分期，也就是領取過去一年工作成績單的時候。評分共分五個等級，最高等級是O，接下來依次是I、M、B，最後是N。除了最高和最低等級以外，其他等級都是相對評價，也就是說一定會有人拿到M或B等級。各等級的字母意思如下：

Outstanding：傑出

Incredible：優秀

Meet requirement：符合要求

Below requirement：低於要求

Need supplement：需要加強

但我們會換成另一種用語。無論怎麼看，我們的用語更直接。

O：很棒
I：認可
M：普通
B：差勁
N：走人

今年是恩祥姊、智頌和我進入公司之後連續第四次拿到「普通」等級。第一年就算了，第二年和第三年也是「普通」，不禁教人漸漸傷感起來。我們三人都覺得自己「為公司做了不少貢獻」，所以都暗自期待這次的評分結果會更好。結果還是普通，不禁教人心想，既然只能拿到普通，為什麼還要這麼賣命地工作呢？而且幾天前，我們這組吃尾牙的時候，我還被評選為「年度加班王」的MVP，甚至領到一瓶廉價紅酒。組長嘴上說：「做得好」、「辛苦了」、「沒有妳怎麼行呢？」，可結果還是「普通」。我非常好奇，到底是誰得到「認可」？真的有人得到「認可」嗎？雖然不知道傳聞是否屬實，但聽說今年開始如果到了該晉升代理、卻連一個「認可」都沒有的話，就會在晉升名單裡被除名。

然而比起晉升，我更在意的是另外一件事，對我很重要的一件事——等級決定了加薪的幅度。

我始終記得四年前，經過漫長的求職過程，最終收到錄取通知的那一天。雖然我知道這個行業的薪水不高，也做好了心理準備，但是看到放在會議室桌上的第一份年薪合約上的數字時，還是大吃了一驚。我沒有抱持任何期待，但年薪比預想的少了一大截。我垂頭看著那少得可憐的數字，反覆在心裡嘀咕：「這麼有名的瑪龍製菓，薪水竟然這麼低？」

韓國人哪有不知道瑪龍製菓的呢？雖然不是業界的龍頭公司，但在便利商店和超市都買得到瑪龍製菓的產品，甚至可以說在全國任何一家超市都買得到一年四季熱銷的「巧克力炸彈」和「巧克力冰淇淋炸彈」，巧克力棒和冰棒的市場佔有率也相當高。不過這僅代表產品熱銷，並不代表瑪龍製菓是準備就業的學生嚮往的公司。儘管如此，瑪龍製菓在首爾市中心仍有一棟小而體面的辦公大樓，而且在京畿道的郊區還有自己的工廠，但我怎麼也沒想到薪水會這麼低……面對眼前的現實，我不禁產生其他疑問，那些比瑪龍製菓規模更小的公司的年薪又是多少呢？

當然，最後我還是在合約上簽了字。

之後大概過了一年，第一次評分的當天，我的手機接連彈出提示並發出震動。恩祥姊在群組聊天室裡連續傳了好幾則訊息：

—M等級調漲百分之二，妳們覺得這樣像話嗎？

—本來薪水就少得可憐了，在這基礎上只調漲百分之二？

或許是因為恩祥姊畢業於企業管理系，加上在採購組工作，所以很會精打細算，對數字也十分敏感。我還沒來得及回覆，恩祥姊又傳了一則：

—今年物價指數上漲百分之一點九，但薪水卻只上漲百分之二？

我回覆說：

—那等於是凍結了啊。

—就是凍結。

恩祥姊接著說：

—但一般體感物價更高。今年韓國銀行公佈的體感物價上漲百分之二點六。總之一句話：

—公司等於是扣了我們的薪水。

—就是這樣。

一直沒有動靜的智頌傳來訊息：

—看妳們這麼講，我都沒有力氣加班了。我要回家……

她接著又補充一句：

—聽說公司只「認可」公聘的那些人。

大概就在那時，恩祥姊把名為「江恩祥、金智頌、鄭多海（3）」的群組名稱改成了「Ｂ０３」。Ｂ０３是「非公聘三人組」的意思。公司每年會從秋天到年底針對大學畢業生公開招聘，預計錄取五、六名新進人員。但與此同時，因為公司規模不大，所以會出現人事變動不即時的狀況。正因為這樣，大家才會像打招呼似的互相詢問入社的年度，以及同屆有哪些人。我聽說同一批入社的人都會舉辦單獨聚會並創建群組聊天室。在這種氛圍下，不是公聘，而是透過其他途徑入社的少數新人便會在不知不覺中淪為「出身寒微的小孩」。照這樣的標準來看，我們三人的「出身」的確不好。

恩祥姊的情況是，她在某汽車零件公司的採購組做滿兩年，然後轉職到我們公司的採購組。做滿兩年就換工作，無論在哪個行業都很少見。雖然她不算是徹頭徹尾的新進員工，但也無法看成是資深員工。

而據說比我小一歲的智頌，是在四年前會計組的人突然接連辭職時，公司急聘進來的新人。這在我們公司也是很罕見的情況。

我的情況是，大學畢業後在這家公司的冰品組打工做業務助理，做到第三個月的時候，組長說很看好我，於是把我轉成實習生，之後又再做了一年。組長就像賜予我特大恩惠似的，總是強調說這是之前沒有過的特殊待遇，所以我也假裝向他表達感激之情。說實話，我並沒有打算在製菓公司工作，所以打工期間和轉換成實習生以後，我仍持續地往其他刊登招聘廣告的公司投履歷。我在這裡打工，只是希望在瑪龍製菓當過實習生的經驗可以寫進應聘其他工作時的履歷表罷了。不分行業，只要是看起來比瑪龍製菓更好的公司，我就會去投履歷。

然而我投過履歷的那些公司，沒有一家聯絡我。當時我還擔心，萬一對方要我去參加面試，我該怎麼跟公司說呢？可以請假嗎？現在回想起來，那時的擔心都是多餘的。直到收到最後報以一線希望的公司寄來的不合格通知之後（與其去這家公司，還不如留在瑪龍，但姑且試一下好了。我抱著這樣的心態，把履歷表寄給了公關公司），我才徹底清醒過來，也許願意讓我做實習生的瑪龍製菓就是我最好的歸宿了吧？

剛好就在實習生工作快要結束的前一個月，瑪龍製菓的人力資源部建議我去挑戰轉正職。這表示實習結束後，我又要重返無所依歸的求職身分了。這意味著我又要遙遙無期地為兩、三千字的自我介紹苦思，但我知道我做不到，所以瑪龍製菓成了我手中唯一的希望和機會。我提交關於品牌和行銷的報告以後，再參加業務部、人力資源部和高階主管的面試，好不容易成為了新進員工。

但問題是接下來的事情。由於選中我的冰品組組長被大型食品企業的附屬公司聘去做高階主管，我突然變得無依無靠。就在我戰戰兢兢地擔心可能會被取消錄用時，人力資源部把我分配進入剛好有空缺的零食組。也許是空缺被不是自己選中的人佔據，零食組組長看我的眼神不太友好。初次見面時，他就這樣說：

「妳就是那個透過冰品組組長關係進來的人？開個玩笑，我開玩笑的。我這麼說，妳不會不高興吧？」

不管怎樣說，我確實算是透過史無前例的流程成為正式職員的，所以經常聽到這種話。

「妳和知映是同一批入社的吧？不是嗎？那是跟誰？啊……妳是託之前組長的福進來的。聽說最近的大學生都很難找到工作。妳的朋友如何？都找到工作了嗎？大家一定很羨慕妳吧？」

雖然管理支援部採購組的恩祥、財務部會計組的智頌和產品企劃部零食組的我，分別以不同途徑進入公司，但因為時間相近，所以人力資源部把我們入社的時間定在了同一天。就這樣，我們三人在小會議室裡接受了一個小時的簡短培訓。那天我們初次見面，雖然年齡和年資都不相同，但還是把彼此當成了同時間入社的朋友。

我們很合拍，很快便成為好朋友。實習期間，我在公司遇到的人都讓我覺得難以親近。一般來講，所謂「公司的人」不是指派我做事，就是評價我的人。這是事實。但自從認識了恩祥姊和智頌以後，我便在公司交到了所謂的「朋友」。我們所屬的部門不同，沒有直接的利害關係，更沒有互相評價的必要。

我甚至覺得跟恩祥姊和智頌的關係比從小一起長大的朋友還要近親，而且比「老朋友」還有話聊，特別容易溝通。我偶爾回想起最初相識的情境，都會不由得感嘆緣分妙不可言。我們除了睡覺時間以外，一整天大部分的時間都待在公司，無論直接或間接遇到的都是「公司的事情」，所有開心的、難過的、有趣的、生氣的、大快人心的、令人無語的事情。而且我們對重要人物和事情經過都略知一二，因此聊起這些事情的時候，也不需要再多加說明。

這樣的關係在職場生活中確實起了幫助。每天我們在B03聊天室裡第一時間分享各自小組發生的事情，自然而然地便掌握到自己沒有聽說的公司新聞、動向和傳言（公聘員工獨家社內動向、人脈和情報），這樣多少減輕了我們被團體排擠的感覺。

評分結果公佈的當天，恩祥姊還分享了一則新資訊：

—聽說去年咸博士拿了五億韓圓獎金，不知道他今年會拿多少？

—五億？妳確定？

—我什麼時候說過不確定的事了？

智頌驚訝地問：

－真假？妳是怎麼知道的？

－公司官方資訊上看到的。

咸博士是全公司唯一一個以學位取代職務的人。去年年初，他以大數據分析專家的美名進入公司，雖然這是公司之前沒有的職務。研究開發部門的組織圖因此突然出現一個「大數據小組」，成員就只有咸博士和他的秘書。很明顯，這個小組是刻意創建的。我聽聞咸博士既是老闆的大學學弟也是他的堂弟，所以上下班很自由，想來就來，想走就走。我下意識地大力敲打鍵盤，發出極大的噪音。

－那個大叔去年做了什麼？不就是計算了一下巧克力炸彈和口香糖的個數嗎？

智頌回應說：

－他不是還寫了一份報告，說什麼減少百分之二十巧克力炸彈的重量，換一個包裝，就可以提高銷售額。

－那種報告沒有博士學位也寫得出來。

我們對於老闆禮遇熟人的經營方式極為不滿，謾罵了半天老闆、咸博士和公司」。突然，恩祥姊提醒大家注意，為了避免有人偷瞄到我們的對話而惹出麻煩，教我們刪除所有聊天紀錄。智頌問：

——怎麼刪除？

恩祥姊親切地說明：

——對話框右上角有一個應用程式的選單鍵。

——嗯。

——點進去以後，再點聊天室設定，就可以看到刪除聊天紀錄的選項。

——找到了！匯出聊天紀錄！點這個就可以了吧？

就在我目瞪口呆不知道該說什麼的時候，恩祥姊急忙說：

——喂，妳清醒一點！要是匯出聊天紀錄的話，我們三個可就要手牽手滾蛋了。

我咬緊牙關，生怕笑出聲來。恩祥姊提議說：

——不行，不能這樣，我們三個普通人還是見面聊吧。妳們今天中午有時間嗎？

那時我才注意到，群組聊天室的名稱從「Ｂ０３」更改成了「Ｂ０３普通人」。

出乎意料的話語

二〇一七年三月十三日

我們公司裡有一個定論——午餐後的咖啡，若是星巴克則代表彼此是單純的同事關係，但如果是香啡繽（The Coffee Bean）的話，就是曖昧關係了。

這個定論對接下來的情況會有幫助。首先我們假設一下，當對公司的某個人莫名產生好感，而且直覺告訴自己有可能發展成特殊關係的時候，可以先透過訊息溝通工作上的事，然後自然地私下聯絡，接著則會一起去公司附近吃午餐。吃過幾次午餐後，還沒找到共度晚餐的機會，不確定這是可以繼續發展下去的關係，還是只是自己的錯覺，這時候就要看午餐結束會去哪間咖啡店了。如果去星巴克的話，為了不傷心，最好選擇放棄；但如果去香啡繽的話，或許就可以進一步發展。也就是說，除了約午餐，還可以更大膽地邀約晚餐。

這個定論也適用於周圍的人。比如，覺得隔壁組的新人和主管之間非比尋常的時候，或者大家都覺得最近某兩個人經常一起外出跑業務，猜測他們之間有什麼情愫的時候，以及以一起共事的同事之名，瞞著大家大膽地在公司裡談戀愛，卻不知道大家早就察覺的時候。在這樣的情況下，只要看他們午餐結束後，走進辦公室時手裡拿著的是哪間咖啡店的咖啡就行了。如果他們大口吸吮的不是星巴克的綠色吸管，而是香啡繽的紫色吸管的話（雖說兩個人之間的事在沒有確認以前都無人知曉），那我們的懷疑就說得通了。

其實咖啡品牌並沒有特殊含意。因為公司對面就有一間星巴克，而且走過兩條街，在餐廳密集的地方還有一間兩層樓的星巴克。這兩間店都離公司很近。但香啡繽卻在經過兩層樓的星巴克之後，還要再走過一條街，拐進小路的地方。去香啡繽不僅要多費一番周折，位置也略顯偏僻。如果不是想利用短暫的午休時間私會，或是心虛不想被公司的人看到的話，根本沒必要為了喝一杯味道大同小異的咖啡走那麼遠去香啡繽。雖說只有五分鐘的路程，但這五分鐘可佔據了整個午休時間的百分之八點三三三三……不過，有別於寬敞明亮的星巴克，香啡繽只有四張桌子且設有隔板，所以更適合約會聊天。我們把那幾張桌子稱為「火車車廂」，從門口依次排列，分別取名為一號、二號、三號和四號車廂。

B03聚在一起的時候會去香啡繽，而不是星巴克。因為我們是曖昧關係？當然不是；那是因為我們心虛嗎？……沒錯，因為我們的聊天內容百分之九十都是對公司的不滿，所以沒膽去同事進進出出的星巴克。我們甘願多花五分鐘走到香啡繽，坐守在車廂裡，放寬心地發洩不滿。

我跟恩祥姊和智頌約好一起吃午餐以後，從十一點五十五分開始，每隔一分鐘我便看一次手錶。五十六分、五十七分、五十八分、五十八分，還是五十八分……時間怎麼過得這麼慢？五十九分、五十九分、五十九分……十二點了，但組長和其他人都沒有從椅子上站起來。十二點一分，大家還是一動不動。十二點二分，依然沒有動靜。分針指向十二點三分的瞬間，我一邊推開帶有輪子的椅子站起身，一邊以旁人必須仔細聽才能聽到的聲音說：

「我……今天有約，午餐就不和大家一起吃了。大家用餐愉快。」

與此同時，我拿下掛在公用衣架上的大衣挎在手臂上，匆忙走出去。電梯門打開，我在密密麻麻的人群中看到智頌和恩祥姊，我們用眼神互打招呼，不約而同地笑了出來。

此次見面的目的是為了聊在通訊軟體上不能談論的話題，所以我們決定去吃不太燙的全州式豆芽湯飯。豆芽湯飯不僅味道好，最重要的是很快就可以吃完。我們狼吞虎嚥，十分鐘內吃完後，直接來到香啡繽，在空著的四號車廂坐了下來。恩祥姊脫下長大衣，手拿錢包站起身，說要請我們喝咖啡。

「為什麼突然請客？」

恩祥姊開心地笑著回答：

「不為什麼！」

她怎麼這麼大嗓門？聽到恩祥姊的回答，我很詫異，因為她平時講話從來不會這麼興奮。雖然只是簡單的一句話，卻意外地流露出平時所沒有的開朗。聽到恩祥姊用更明朗輕快的聲音追問「妳們喝什麼？」時，我毫不客氣地點了「熱焦糖拿鐵」，智頌點了「冰美式」。恩祥姊一邊複誦我們點的咖啡，一邊朝櫃檯走去，突然又像是想起了什麼，轉過身大步朝我們走回來。

「我們也吃塊蛋糕吧？」

「好啊。」

「嗯，那就吃一塊。豆芽湯飯是好吃，但每次吃完不到兩點就又餓了。」

聽到恩祥姊的話，智頌吃驚地反問：

「什麼？兩點也太誇張了。」

「喂，這還是拉長時間了。說實話，我有時候從一點半就開始覺得餓了。」

恩祥姊又補充一句：

「蛋糕也我請，一人一塊。我要起司蛋糕，妳們呢？」

我們乖乖照做，各自點了一塊蛋糕。恩祥姊去付款的時候，智頌用手背遮住嘴巴，斜眼看著我問：

「妳不覺得恩祥姊今天看起來哪裡不對勁嗎？」

果然不是只有我這麼覺得。

「妳也看出來了嗎？她看上去心情出奇地好。」

「嗯，有點怪怪的。」

聽智頌這麼一說，我又看了一眼恩祥姊。沒錯，她今天確實很奇怪。首先，她的眼神就很不一樣，充滿以前沒有的慈祥，就連跟店員點餐時也是，不知道有什麼好笑的，她接連兩次仰頭大笑起來。等咖啡的時候也是，她把雙手深深插進羽絨背心的口袋裡，不停地聳肩，每聳一下，還會露出淡淡的微笑。她是怎麼了？平時根本不會這樣啊。

恩祥姊向來不愛笑，是我們三人中最沉穩、最理智、最冷靜，最不情緒化的人。不，她可以說是我見過的人之中最冷靜的人了。但此時此刻，這樣的恩祥姊卻像是被某種難以控制的感情（也許是喜悅）包圍了。

恩祥姊像是突然想到了某個人的臉，慌慌張張地從口袋裡掏出手機。我們從很遠的地方都能清楚看到她盯著手機畫面的雙眼瞪大，緊接著一隻手慌張地摀住嘴巴，高高挑起弓形的眉毛，眨了幾下大眼之後才慢慢放下摀著嘴巴的手，最後把手機又放回了口袋。恩祥姊抿著雙唇，閉起嘴，但未能藏起的嘴角暴露了一切——她的嘴巴正強忍著連自己都沒意識到的笑意。

恩祥姊端著放了三杯不同咖啡和三塊蛋糕的塑膠托盤走回四號車廂，一邊把盛著蛋糕的盤子放桌上，一邊用興奮的口氣說：

「小姐，這是您點的蛋糕。」

「噗，恩祥姊，妳今天是怎麼了？」

忍不住笑出來的智頌先開口問。

「我怎麼了？」

恩祥姊反問一句。我插嘴說：

「妳跟剛才線上聊天時的狀況也差太多了吧？因為評分的事，妳心情不是很糟嗎？」

「就是啊，怎麼跟我們見面之後變得這麼開心。哪裡怪怪的。」

「我嗎？」

誇張的反問，不自然的態度。我問：

「奇怪，該不會是妳一個人得到『認可』了吧？」

「喂，怎麼可能！妳把我想成什麼人了？妳講這種話，我可要傷心了。」

「妳得到『認可』的話，理應慶祝啊。我是說，妳沒必要瞞著我們。」

智頌意味深長地插話說：

「不是評分的事啦，肯定是因為……男人。」

聽智頌這麼一說，我也覺得好像是那樣。我們問恩祥姊談戀愛了嗎？她豪放地大笑，擺了擺手。雖然她極力否認，但除此之外完全無法解釋她那些小動作中散發出的興奮及奇妙的正向氣息。入社以來，我從未見過，甚至從未想像過如此充滿希望的恩祥姊。回想起來，恩祥姊和前男友分手已經兩年多了，她究竟是在哪裡、什麼時候認識新男友的呢？我們對彼此的生活瞭如指掌，智頌從去年開始沉迷衝浪，經常在週末去適合衝浪的海邊。如果是智頌的話，還有可能交到男朋友，但恩祥姊的生活就只有家裡和公司，根本沒機會認識男人啊。難道說是緣分到了，自然就有男朋友了？該不會是公司裡的人吧？如果真是這樣，不管是誰都好不到哪裡去。就在我想要勸阻恩祥姊的時候，她又看了一眼手機，迅速地確認了什麼之後，把手機放到桌上。我一口咬定地說：

「看吧，我們說的沒錯，妳交新男友了。」

「恩祥姊，這是真的嗎？妳在跟誰曖昧呢？到底是誰一直在聯絡妳啊？」

智頌敏捷地抓住對面恩祥姊放在桌上的白色手機末端，與此同時，恩祥姊一把搶下手機，哈哈大笑地說：

「唉，妳們這些傢伙，我都說不是了。」

當我們追問她到底在隱瞞什麼的時候，恩祥姊一聲不吭地把手機畫面往大腿上一擦，笑著將一隻手肘架上桌子，輕輕托起下巴。整個過程就像慢動作那樣緩慢且優雅。恩祥姊稍稍斜眼，分別與坐在對面的我和智頌對看一眼，然後說：

「如果我告訴妳們的話，妳們也一起試試看嗎？」

我和智頌聽到「一起試試看」的時候，不約而同地看了彼此一眼。我們的視線在空中短暫交會後，再次轉向恩祥姊。智頌猶豫地問：

「試……什麼？」

恩祥姊啜了一口熱美式，放下杯子，雙手十指緊扣，接著把圓圓的下巴輕輕地搭在手上，輕聲細語地對我們說：

「妳們知道比特幣嗎？」

片刻沉默。聽到這個與我們期待的答案差距甚遠的詞彙時，我和智頌都慌張了起來。這種感覺就像是從綿密香濃的起司蛋糕世界，突然一下子穿越到了脆嫩的豆芽世界一樣。我默默地點點頭，智頌開口問：

「是電子貨幣嗎？」

「不是，是虛擬貨幣。」

聽我這麼一說，智頌反駁道：

「那還不是一樣，電子不就是虛擬？都是在網路上交易的，是吧？」

智頌的話似乎有點道理，我沒再多說什麼。恩祥姊接著幫我們整理了一下知識：

「沒錯，妳們說的大致都對，但更準確地講，比特幣是加密貨幣中的一種。」

恩祥姊說，想要理解加密貨幣，首先要搞清楚區塊鏈的概念。所謂的區塊鏈系統，是指將私人手機或電腦等設備看成共同的「交易帳本」，而加入該系統的人的交易帳本，每隔大約十分鐘會更新一次。這些交易紀錄匯集在一起，就形成了區塊，然後再將這些區塊串聯在一起，就成了區塊鏈——這到底是……什麼意思啊？恩祥姊似乎還沒進入正題，但我們已經糊塗了。我瞥了一眼智頌，感覺她也和我一樣一頭霧水。她為了忍住不打哈欠，緊閉著嘴巴，但鼻孔張大了一倍。恩祥姊似乎看出了我們的神情，又解釋說：

「來，大家集中一下注意力。這個概念比妳們想像的簡單。假設智頌要從帳戶裡取出一萬韓圓，那妳肯定會去銀行說『我要取一萬韓圓』吧？但銀行會直接把錢給妳嗎？當然不會。銀行會先看妳的帳戶，看妳今年幾月幾日存了十萬韓圓。確認完畢後，才會給妳一萬韓圓，然後妳的存摺上就會標記出『金智頌取款一萬韓圓，餘額九萬韓圓』。存款的時候也會這樣吧？因為有紀錄，日後才能取款。」

我們點了點頭。

「但是這種系統，所謂的中央管理型系統，需要很多資金來營運。既要有銀行，又要有銀行的工作人員，就連管理網路銀行也需要錢。為了防止他人對私人帳戶動手腳、阻止駭客偽造帳戶餘額或者盜取別人的存款，銀行必須設置雙重或三重的保安來確保客戶的帳戶安全。這些都需要錢。但是還有另外一個問題，這樣管理的話，銀行就可以輕而易舉地掌握個人的交易明細和個人所擁有的資產資訊了。」

恩祥姊激動地解釋說，正是為了克服這些缺點，才會出現區塊鏈。也就是說，我們可以這樣理解，把參與進區塊鏈的人的交易帳戶複製之後，分發給所有人一起保管，這樣一來，就不需要中央管理，而是由參與系統的所有人共同管理。把帳戶分散到全世界的電腦，就不需要管理費用，也沒有手續費，更不必擔心會受到監視。即使有人銷毀或偽造帳戶，因為存在複本，所以也不會產生問題。當然，所有交易都會定期加密並自動更新。

「單純是為了自己的利益而參與其中，結果卻保障了所有人的財產安全。妳們不覺得常在哪裡聽到這種事嗎？」

「看不見的手？」

不知道是不是想法過於正面，恩祥姊「啪」的一聲把手拍在桌子上說：

「總之，很神奇吧？」

接著，恩祥姊又解釋，直接參與區塊鏈的行為稱為挖礦……解密和解題……掌握演算法……如此這般，如此那般……聽完她的解釋，我和智頌仍舊一頭霧水。總之，作為挖礦的回報可以拿到手續費，也就是虛擬貨幣，其中最具代表性的就是我們聽說過的比特幣。我們只聽懂結論，對於中間的過程似懂非懂。恩祥姊看出我和智頌眼中充滿疑惑，就在她準備繼續講解下去的時候，我打斷了她的話：

「恩祥姊，所以結論是什麼？要我們跟妳一起買比特幣嗎？」

「多海啊。」

恩祥姊放低身姿，朝坐在對面的我靠過來說：

「妳覺得我會說那種沒創意的話嗎？」

強風特報

二〇一七年三月十三日

恩祥姊提議要我們跟她一起買以太坊。

聽到這句話的時候，咖啡店的大門發出了哐噹哐噹的聲響。店裡所有人的目光同時轉向門口，那扇巨大的玻璃門不停地發出不安的聲響，明明沒有人推門進來，它卻瞬間如一張紙似的輕易地被推開，隨即一股寒風竄進室內。坐在入口處的幾個人發出短促的尖叫聲，杯子被風吹倒，飲料灑了出來。我們坐在最裡面的四號車廂，雖然飲料沒事，但切實感受到了那股寒意。守在櫃檯的店員趕快跑去關門，但由於風的阻力過大，最後幾個正在做咖啡的店員也去幫忙，才好不容易關上了玻璃門。恩祥姊瞄了一眼門口的騷動，毫不在意地說了句：「好大的風啊。」接著又為我們講解起以太坊（我不知道這跟前面提到的比特幣有什麼不同）。

雖然我不太清楚比特幣的原理，但之前聽過不少與比特幣有關的新聞。

比如，一名喜歡寫程式的十幾歲美國少年，一開始就因為興趣而買了比特幣；一名平凡的開發商，最初為了測試而買了比特幣。我還看過國外的新聞說，有些人忘記自己買過比特幣，等到十幾年後再查看比特幣帳戶的時候，發現自己竟然變成了百萬富翁。當然，我也看過相反的例子。有人出於好奇持有了一段時間的比特幣，最後用比特幣買了披薩，結果後悔莫及，如果當初沒買披薩，說不定現在已經是百萬富翁。

我從沒想過身邊有人在投資比特幣，這就像遙遠國家的故事一樣教人感到陌生……怎麼說呢？我覺得這有點像是「一場早已結束的遊戲」。有人已經成為百萬富翁，而且價值也在翻倍增長，如今才來買比特幣有什麼意義呢？聽說，這種摸也摸不到、看也看不到的虛擬貨幣，一個就超過一百萬韓圓。但是，恩祥姊提到的不是比特幣，而是以太坊。這麼古怪的名字我還是第一次聽說，而且名字裡連一個「幣」字也沒有。光是名字就很可疑了。沒有任何實體，而且一夜之間就有可能變成廢紙，如此「虛擬」的東西，教人如何相信並購買呢？

恩祥姊皺著鼻樑說：

「妳這個笨蛋，所以現在才應該買啊。」

據恩祥姊介紹，以太坊是一個名為維塔利克的俄羅斯天才開發者在兩年前創辦的「第二代」區塊鏈。簡單來講，以太坊不僅和比特幣一樣可以進行金融交易，還是一個能夠以區塊鏈的形式保證各種交易和合約法律效力的系統。例如，進行不動產交易時，系統會自動複製並更新租賃合約給所有參與者。仔細想來，世上所有事情都是靠合約在推進的，因此這種比比特幣更廣泛使用且具有安全性及革新性的技術勢必會迎來它的時代。

「嗯哼。」

智頌發出用意不明的鼻音，接著挖了一大口戚風蛋糕送進嘴裡。面對我們不屑一顧的反應，恩祥姊仍舊樂此不疲地講解著以太坊。她指出，國內知道以太坊的人還很少，但北美和歐洲已經廣為流行，現在一個以太坊的價格是一萬三千九百五十韓圓。此外，她還補充說，現在一個比特幣的價格是一百五十萬韓圓。就在那瞬間，我看到一道光從恩祥姊烏黑的瞳孔閃過。她要我們想像一下，以太坊未來也會像比特幣一樣升值到一百萬韓圓，甚至兩百萬韓圓都有可能。

「理解了嗎？現在投資只是小金額，小金額啊。」

起初恩祥姊是在講解區塊鏈技術的先進性及可替代性，現在卻像是談論起了股票投資。我把恩祥姊的話簡單總結一下，現在投資小金額，等到價格從腳踝漲到肩膀的時候賣掉，就可以獲得巨額利潤，所以最好趁早投資。智頌將一側肩膀斜靠在四號車廂的靠枕上說：

「還以為過了這麼久，妳終於談戀愛了呢。沒想到又是這種事，真不愧是江恩祥。」

「我不需要談戀愛。談戀愛能當飯吃嗎？」

「那妳說的那個什麼甲太坊還是乙太坊，就可以當飯吃了嗎？」

智頌的話音剛落，恩祥姊便拿起放在大腿上的手機遞到智頌面前說：

「能當飯吃算什麼？還有更厲害的呢，給妳看看。」

智頌不耐煩地用力推開了恩祥姊的手機。

「所以妳最近都在投資虛擬貨幣？妳這是要闖大禍吧。」

恩祥姊立刻反駁回去：

「姊姊我不是要闖大禍，而是要發大財。」

說完瞥了一眼智頌，又繼續說：

「妳才不要把錢浪費在那個臺灣小男生身上吧。飛來飛去，把錢都撒在天上了，還不如拿去買以太坊！」

去年暑假，智頌說要去遠征衝浪，一個人跑去峇里島，在那裡結識了一個比自己小七歲的臺北男生，兩個人就這樣談起了遠距離戀愛。真不知道那算不算是談戀愛。從那之後，智頌為了去見那個名叫「偉霖」的男生，利用週末和國定假日一共去了四次臺北，幾乎每兩個月就飛一次。恩祥姊覺得那根本不算真正的戀愛，簡直就是胡鬧，所以每次提起這件事時，都會數落智頌一番。恩祥姊勸智頌不要亂花錢，有錢不如拿來投資，但智頌就是不肯。我聽著她們互不相讓地爭吵……下意識地發現自己的視線黏著在恩祥姊的手機上。

說實話，我很想看看她的手機，我很好奇到底手機裡面有什麼能讓向來無動於衷的江恩祥笑得那麼燦爛。但智頌的反應太過消極，所以我就沒再追問。恩祥姊瞥了一眼智頌說：

「不看就算了。還不是妳們問我，我才講的。」

我想看也想知道，但同時又不想知道，原因我也不是很清楚。如果恩祥姊也像國外新聞中的美國少年或者幸運的開發者一樣變成百萬富翁；如果她是因為以太坊，所以才對I或M的評分等級，以及百分之二、三的年薪上漲率無動於衷的話，我擔心親眼見證後會心生欲望。

「天啊，已經四十九分了。」

聽到恩祥姊突然高喊，我嚇得看了一眼手錶。

「不可能啊。」

「這麼快？我們不是才剛坐下？」

智頌露出難以置信的表情。雖然每次都這樣，但我們仍每次都很驚訝。在這節暫時遠離公司的車廂裡，時間好像加快了一倍。我們慌慌張張地把剩下的蛋糕塞進嘴裡，走出咖啡店，快步朝公司走去。

我們公司的不成文規定是必須嚴格遵守午餐時間。聽說其他公司的人一般都會在十一點五十分左右就離開座位，因為這樣才能在十二點的時候走到餐廳。聽朋友說，他們公司的人如果中午有約的話，還可以十一點四十分就離開，這不禁讓我大吃一驚。而且返回公司的時間也很充裕，只要一點半前回到公司就沒問題。但我們公司可沒有這種待遇，我們只能在十二點到一點的期間離開座位。特別是我的組長，如果有人一點多才回來，他就會擺出臭臉，所以大家都會在十二點五十五分時入座。既然公司要我們在一點整回到座位，那午餐時間就應該從十二點整算起，但十二點有人站起來的話，組長又會用不滿的眼光掃射那個人。我現在已經不在乎那麼多了，只要等到十二點三分我就會站起來。也許整組的人會覺得，最先站起來的我是個不在意他人眼光、有主見的「年輕人」。但事實上完全不是這樣，我非常在意周圍人的眼光。然而儘管如此，我也只能忍耐三分鐘，這完全是因為肚子太餓的關係。如果每個人能夠按照自己的狀況來調整吃飯時間該有多好呢？現在又不是一九八〇年代，我沒想過二〇一七年的當下還有這麼古板的公司，當然，我也沒想過自己會在這種公司上班。不用遠觀，只要看看周圍的公司就知道了。國內五家主要的製菓公司總部都聚集在這一區，但是只有脖子上掛著黃色員工證的人會在十二點五十分起就慌慌張張地跑回公司。

但我們今天跑不動，因為風太大了。恩祥姊說今天發佈了強風特報。我們逆著前方吹來的強風，切切實實感受到一股沉甸甸的阻力。智頌把圍巾圍到了鼻子處，一頭捲髮被風吹得肆意飛揚。

「好冷啊！」

為了抵抗風力，也為了稍稍提升體溫，並肩而行的我們不約而同地挽起了彼此的手臂。恩祥姊在中間，我在左邊，右邊則是智頌。風勢大得讓人一步都很難邁出，堆積在路邊的泥沙、菸頭和實體不明的垃圾也全被風吹得飄浮在空中。我們一邊發出「呃啊！」的尖叫聲，一邊閃躲迎面而來的垃圾，就像在玩兩人三腳一般，緊緊挽著身旁人的手臂。不，準確地講應該是三人四腳。我們彷彿孤魂野鬼似的搖晃著身體前行，每躲開一次垃圾便發出叫喊聲，接著失聲大笑。

真是奇怪，慘叫之後竟然還笑得出來。我們很清楚自己是在苦笑，但也許慘叫和苦笑本身就是一組的。又一陣強風迎面襲來，智頌和我的員工證被風吹得猛力翻飛，塑膠製的外殼碰撞在一起，發出啪嗒啪嗒的響聲。我們又一次慘叫並苦笑，恩祥姊蜷縮著身體嘆息說：

「唉，一步都走不了了！又不是跑，只是走而已，怎麼這麼累啊？」

智頌用手掌壓著瀏海，皺著眉頭說：

「這真像是玩遊戲的時候遇到故障，步伐都變慢了，再怎麼按前進鍵，都像腳上綁著沙袋一樣沉甸甸的，只能慢慢往前走。」

「簡直……就像我們的人生一樣！」我說。

「唉，別說這麼喪氣的話。我們必須擺脫現況。」恩祥姊說。

「怎麼擺脫？」

聽到我的反問，恩祥姊更加用力地挽住我的手臂。

「用技術來克服故障囉！」

又一陣強風襲來，又一次慘叫，又一次哈哈大笑。

十二點五十六分，我們走進公司一樓大廳。

等電梯的人已經排起了長龍，這時間的電梯等同於通勤高峰時刻的地鐵。無論如何都要在一點以前回到辦公室的人紛紛擠入電梯，直到超載警示聲響起之前，後面的人會毫不留情地不斷擠進來。我們三人好不容易擠上電梯，電梯門關上的時候，幾乎要擔心會被門夾到鼻子。門關上後，我才鬆一口氣，但沒想到電梯沒有在我所屬部門的樓層停下，而是直接到了管理支援部所在的七樓。恩祥姊和智頌噗哧笑了出來。是我疏忽大意，忘了按三樓的按鈕。

所有人在七樓出了電梯之後，空蕩蕩的電梯裡只剩下我一個人。我按下辦公室所在的三樓按鈕，電梯門自動關上。空蕩蕩的電梯裡，我下意識地拿出手機搜尋起「以太坊」。網路上沒有什麼資訊，我滑了幾下就關掉搜尋頁面。只見鎖屏畫面的時間顯示為一點零三分，我稍稍不安了起來。

我走進辦公室，躡手躡腳地拉出椅子正準備坐下，果不其然，組長瞥了我一眼說：

「請遵守一下午餐時間。」

我是十二點零三分走出去的，現在是一點零三分，合約上也白紙黑字寫著午餐時間是一個小時。這樣算來，我的確嚴格遵守了午餐時間啊！

「是！」

我故意不看向組長，以輕快的語氣附和了一聲。我心想，沒有能力的人才會對這種小事斤斤計較，合理推測他也只會做這種事而已。組長從我身上收回視線的同時，又追加一句：

「最早出去的人卻最晚回來，像話嗎？」

我就知道會這樣。假如我低聲下氣地回應他，他就不會追加這句話了。對他而言，重點不是我晚了三分鐘回來，而是他對身為下屬的我的態度感到不滿，因為我沒有對他恭恭敬敬，沒有尊重他因年齡和年資所建立起的威信。

我的組長一九九六年入社，按職級來說算是部長了，但公司的人私下都知道他很無能。總之一句話，他連品牌的「品」字都不懂。我們這組之所以能維持現狀，完全是依靠組員們的能力……我們公司的主推商品不是餅乾或點心類的零食，所以我們這組一直落後於推出招牌商品的巧克力組和冰品組，而且也已經好幾年沒有推出過新產品了。正因為這樣，公司對我們從不抱任何希望，自然也對組長高大永沒有任何期待。原本以他的資歷應該晉升到室長的級別了，但可能公司覺得沒有裁員，就讓他帶領少數組員填補一下組長的職位吧。當然，這都是我個人的猜測罷了。

其他人，也就是其他代理或科長，無論組長多麼無能，即使明知道他只不過是掛著組長頭銜的空殼，而且每天在背後講他的壞話，但當面還是會對他敬畏三分。無論組長說了什麼難聽的話，或是安排了什麼莫名其妙的工作，大家全當耳邊風，該做什麼就做什麼，反正組長也不懂，即使不聽他的安排，事情也能順利進行，這是在工作五年以上的代理和十年以上的科長身上很值得學習的技能。眼看我也快要升代理了，但奇怪的是，我卻做不到這一點。我也知道在組長面前假裝畢恭畢敬、低聲下氣，職場生活才能過得舒心，而且還能順利拿到「認可」，但我就是想譏諷他、頂撞他，我想讓他當眾出醜、認知到自己的無能，我就是想要嘲笑他。就算做不到這一點，我也想透過講話的語氣激怒他。是我太過分了嗎？怎麼可能。至少我沒有回應他的第二句話。

吃過午飯本來應該去刷牙，但此時如果我拿起牙刷站起來的話，組長肯定會發洩第三輪的不滿，所以我只好暫時放棄。我拿起放在辦公桌上的熱帶水果口味口香糖，取出兩顆放進嘴裡，隨著不斷滲出的口水，酸酸甜甜的水果味道慢慢地在嘴裡蔓延開來。我打開筆電，解除休眠模式，點開瀏覽器，在Google的搜尋框裡輸入韓文「以太坊」。得知英文的拼寫之後，我又輸入了英文，這次比之前出現了更多搜尋結果。但都是英文，很難一目瞭然地掌握內容，只能大致看出全是來自各家媒體的新聞以及長達數百頁的網路資訊。

就在我滑動頁面查看標題的時候，我察覺到組長從座位站了起來。我感覺他正朝我這邊走來，於是立刻同時按下了Ctrl+W鍵。組長從背後經過後，我又快速按下Ctrl+Shift+T。與此同時，透過遠處的玻璃窗，我看到咸博士一邊剔著牙，一邊慢悠悠地走進辦公室。

一點二的房間

二〇一七年四月二十七日

準備搬家找房子的時候，我在心裡擬定了三項標準，並且寫在日記本上。

首先，房間要比現在住的地方大，或者至少一樣大。其次，我工作四年有了一定的積蓄，可以選擇押金貴一點的房子，但月租不能太貴。最後也是最重要的，玄關與房間之間、房間與廁所之間必須要有明確的界線，也就是必須要有門檻。

這兩個「門檻」成為我搬家的決定性契機，一個是分隔玄關與房間的門檻，另一個是分隔房間與廁所的門檻。這麼理所當然的東西，但我現在住的地方竟然沒有。其實也沒有所謂的玄關，開門走進屋裡直接就是地板貼，所以無論再怎麼小心地脫下鞋子，鞋底的灰塵都會飄進房間。廁所也一樣，雖然廁所地面鋪了磁磚，但沒有門檻，磁磚平平地直接連接室內的地板貼。如果稍不留意，廁所的髒水就會侵入吃飯和睡覺的生活空間。

最初簽約的時候，我壓根沒有想到這間看起來不錯的房子會因為少了這兩道門檻而帶來如此多的不便。雖然沒有門檻看似是微不足道的小事，但經歷過就會知道，這會導致致命性的問題。搬進來兩天後，我才意識到這一點。

雖然說單人房意指「一個房間」……但這種一體式的房間……也太不方便了吧？

由於當下不可能再搬家了，所以只能找些應對的方法。我把長毛地毯鋪在玄關門口，並且盡量縮短洗澡的時間。我還準備了一把掃帚，天天清掃地面，還經常使用水管疏通劑，好讓水快點流下去。然而就算是這樣，問題始終沒有徹底解決，時間依然在這些不便之中流逝。我心想，這次一定要搬家，於是下班後直接去了上週末去過的房屋仲介。那天，房仲帶我去看了三間房子。第一間比現在住的地方小很多，走進房裡會讓人感覺很壓抑，但因為是新建的，所以很乾淨。啊，現在回想起來，當時應該租下那間房子的。第二間距離開往地鐵站的巴士站太遠了。最後一間的押金和月租都超過我的預算。等我回過頭想要租第一間房子的時候，已經有其他人透過其他的房屋仲介預付了押金。我於是下定決心，以後不要再猶豫不決，看到滿意的房子就要立刻做決定。在此之前，我接過另一位房仲打來的電話，大嬸說：「妳要是不急著搬家就再等一等，很快就會有一間不錯的房子空出來。」也許是我內心對她的話抱有期待，所以那天才沒能輕易地做出決定。

六點準時下班後，我急急忙忙地趕到約定好的地點。那是位於美食街盡頭的一棟房子，一樓是專門外送的披薩店和美甲店，二樓到五樓則是十三間單人房。我在門口跟房仲大嬸碰了面，她說這棟樓有電梯，我們要看的是三〇一號房。

「這間房很不錯，一直都沒空出來。之前住在這裡的女生住了六年。她一個人住，很乾淨的。」

大嬸還說，因為房東打算等房客搬走之後再重新裝潢廚房並修理水管，所以房子才空了出來。

「說實話，這間房的廚房本來有點問題，所以房東才準備換一個新水槽。妳真是遇到了好時機。」

接著她又像是在講什麼天大的祕密似的，悄悄地說：

「住在這裡的女生是因為要跟檢察官結婚才搬走的，可見這房子的時運有多好。」

我越聽越覺得不妙……這些讚不絕口的話，只會教人更不安。在房仲大嬸的眼中，這是一間完美的房子。換句話說，從現在開始，我必須憑藉一己之力找出這間房子的缺點。我開始覺得頭痛了。我現在住的房子相對月租來講算是寬敞，而且附有壁掛型冷氣和迷你冰箱，當初我就是因為看中這些條件，才沒有在乎玄關、廁所和房間之間的門檻——那單單幾公分的高度。雖然此後不是每天，但還是偶爾會感到後悔莫及。無論我怎麼在門外踏腳，抖掉鞋底的灰塵，還是會有不明來歷的沙粒飄到床邊。即使關上門，也能一清二楚地看到廁所紫紅色的磁磚，以及為了清理溢出的髒水而準備的塑膠拖把。就連洗個澡也要提心吊膽地跟時間賽跑，還有皺巴巴的壁紙和地板貼……我真是受夠這一切了。

電梯停在了三樓，走出電梯，左轉第一間就是三〇一號房。因為沒有人住，所以房仲大嬸直接按了電子門鎖的密碼。不知為何，我開始緊張起來。從現在起，我必須親自去探尋房仲大嬸不會告訴我的房子缺點。

玄關門打開。

我最初的想法是：「還不錯耶？」背對玄關，正面可以看到一扇大窗，左邊是廁所，右邊有一個小鞋櫃，越過鞋櫃可以看到水槽拆除後的凌亂現場。說實話，從整體上來看，壁紙和地板並沒有很乾淨，特別是廚房長滿了黴菌。但聽說那裡要重新裝潢，所以應該沒什麼大問題。這間房子的大小跟我現在住的地方一樣都是六坪，可能因為少了行李，所以看起來比較大。玄關鋪著常見的灰色磁磚，磁磚和室內地面之間有一道高度適中的門檻。好吧，先算合格。

大嬸說可以穿鞋進去。我小心翼翼地走進室內，仔細查看每一個角落。廁所也是我想要的那種普通廁所，雖然淡綠色的門很難看，但至少底下沒有空隙。這樣已經很好了，我可以勉強當那是薄荷綠。廁所裝有排風扇，磁磚和地板之間理所當然也有一道門檻。很好，合格。我打開洗臉盆的水龍頭，還沖了一次馬桶。水壓很好，馬桶也很通暢。嗯，合格。

到目前為止，我很滿意，而且也沒有發現致命性的缺點，但這反而教我更加不安了。我必須再次強調，這間房子沒有暴露缺點本身就是個致命的缺點……再不然就是……月租會非常貴。大嬸說，因為還要裝潢，不能立刻入住，只是讓我過來看看，所以沒有提到租金的事。我心存疑慮，慢慢地朝正面的窗戶走去，這時背後傳來大嬸自信滿滿的聲音：

「妳打開瞧瞧，這裡就連窗框也是雙重的喔。」

我照她說的打開了窗戶，隱約聞到從一樓披薩店飄上來的披薩香氣，隨後對角建築屋頂上的ＫＴＶ招牌映入了眼簾。雖然這種距離不至於聽到歌聲，但周圍肯定會有很多醉漢來來往往，而且那個招牌太亮、太花俏了。就在我一邊在意招牌，一邊轉頭看向右側的瞬間，下意識地發出了一聲「呃！」，那是突然一次大量吸氣時才會發出的聲音，我驚訝得呼吸都要停止了。

那裡有一處隱藏的空間。

我以為這是一間四方形的房間，其實不是。房間的四個角之中，其中一角多出了一個尾巴，寬度剛好可以擺下一張單人床。而且這個舒適的小空間的天花板是人字形設計，兩側還鑲嵌了兩顆小小的LED燈泡。天啊……好漂亮！

我發自內心感嘆著。不得不承認，我被這個狹小而隱密的空間吸引住了。大嬸露出欣慰的表情，淡然地問了一句：

「這個小空間不錯吧？」

我連連點頭代替了回答。面對這個出乎意料的空間，我開始在腦海中規劃起室內藍圖。我需要重新想像走進這間房裡的瞬間，並重新繪製傢俱的擺設圖。沒有發現這個隱密的空間之前，我原本打算把床擺在廚房的斜對面，也就是房間左側的角落。我想像著吊具輕輕地把床放入那個小空間裡，然後我走回走廊，再次打開玄關的大門，走進房間的時候就看不到床了，而且吃飯的時候也看不到床！房間的面積自然地變大了。我想在原本放床的地方改放一套迷你沙發，在那裡吃飯、享用甜點、看電影和電視劇，然後在房裡走幾步，往右一轉……就可以看到我的臥室了。大嬸說：

「這是額外的空間。女孩子應該有很多衣服吧？妳可以在這裡裝個衣架，當衣櫃用剛剛好。」

確實可以把這個空間當衣櫃使用，但我還是想要放床，反正我也沒有很多衣服。打開玄關時看不到床，躺在床上時看不到廚房，最重要的是吃飯的時候看不到廁所。休息、飲食、睡眠和排泄之間需要界線，生活空間需要分離。啊，稍等！我又想到了一件事，如果在轉角處安裝一個可以上下拉起的捲簾當門的話，豈不是更能完美地分隔空間了？我的雙頰起了雞皮疙瘩。

我用力張開手掌，小心翼翼地測量那個空間的寬幅，從牆的一邊到另一邊，反覆在虛空中張闔著小指和拇指。

一……二……三……四……五……差不多有八十三公分。

可以決定了。我很滿意這間房。我這才放下所有顧慮，對大嬸說出那句遲遲沒講的話：

「這房子很不錯。」

「我說的沒錯吧？」

大嬸一邊反覆按著牆上的LED照明開關，一邊回應我。我眼前的臥室隨之忽明忽暗。

一閃，一閃。

一閃，又一閃。

我邁著愉快的腳步回家。

因為心急，打開玄關門後，我直接穿鞋走到床邊，一種難以言喻的解脫感油然而生。在這個玄關和房間一體的屋子裡脫鞋有什麼意義呢？搬家之前，不如就效仿美國人好了，反正這裡不再是我的房子了。被子還維持著我早上起床時的狀態，我盤腿坐在床上，張開手掌測量床的寬幅。

一……二……三……四……五……六。

綽綽有餘，這張床完全可以放入那個小空間裡。

我一直希望能住在有分隔的單人房，或是兩房的房子。我曾抱持茫然的希望，如果努力的話，總有一天可以搬進那樣的房子，但是到了三十歲，不禁心生懷疑，那一天真的會到來嗎？然後又覺得或許四十多歲的時候可以實現吧？其實我一直都很茫然。

正因為沒有想到那一天會來得如此突然，我現在仍覺得很不可思議。當然，剛才看的那間房子並非有分隔的單人房，也不是兩房，但也不能看成一般的單人房，把它看作房屋仲介常說的一點五的房子似乎也不太合適……該怎麼講才好呢……就當作是一點二的房子應該沒問題吧？

我要的是一點二，不是一。

我非常需要那額外的零點二。

很明顯的，那個雖小、卻幽靜隱密的零點二吸引了我。

我把即時飯放入微波爐加熱，再從保鮮盒裡夾出少許小菜放入盤中，最後在平底鍋裡倒入食用油，煎了一顆蛋。房裡立刻充滿食物的味道和熱氣。我又打一顆蛋，專注地思考了起來。

如果租下那間房的話，押金要再多付兩千萬韓圓，月租也比現在貴十五萬韓圓。如果算上貸款的利息，每個月會多出三十五萬韓圓的額外開銷。

吃完晚飯，洗好碗後，我從冷凍庫裡拿出一盒杯裝的冰淇淋。這是新產品，牛奶口味的冰淇淋裡夾雜著焦糖糖漿和巧克力餅乾。由於冰淇淋凍得太硬，湯匙插不進去，我一邊等待冰淇淋表面融化，一邊傳了一則訊息給恩祥姊。但我沒有傳在Ｂ０３的聊天群組，而是直接傳給恩祥姊。

—恩祥姊，妳睡了嗎？

沒有回覆。我滑了一會兒手機後放下，慢慢地舀出冰淇淋送進嘴裡。冰淇淋在口中融化後，隨即感受到一股濃郁的奶香，繼之而來的是黏稠的焦糖糖漿和巧克力餅乾鬆脆的口感。幾天前，我趁便利商店買二送一的活動買了六盒。就在心想買對了的時候，一盒很快便見底了。這期間我一直在等恩祥姊回覆，卻沒有任何新訊息進來。我將手機丟在床上，走進廁所。洗完澡出來一看，水和泡沫又流到了外面。我拿起立在牆邊的塑膠拖把將水和泡沫清理乾淨，黏在磁磚和地板貼之間的透明膠帶邊邊也翹了起來。我用毛巾先擦乾身體，再擦了一遍留有水氣的地面，之後把毛巾丟進洗衣機裡。

我用化妝水浸濕化妝棉，比平時更仔細地擦拭過臉部後，一邊塗抹乳液，一邊不停地斜眼偷瞄手機，仍然沒有新訊息。算了，我熄燈準備睡覺，但躺下之後怎麼也睡不著。其實，跟房屋仲介去看房子之前，我就有一件事情想詢問恩祥姊，但現在也不知道究竟該不該問。就在我仰望天花板再次糾結的時候，枕邊的手機螢幕突然亮了起來。恩祥姊很晚才回訊：

—我還沒睡。怎麼了？

我可以從螢幕上預覽訊息，不必點進聊天界面。我心想，不妨再整理一下思緒，明天一早再回覆也不遲。這麼晚了，不適合講重要的事情。

不不不。

我又改變了主意。有別於週四夜晚疲憊的身心，現在我的神智十分清醒，必須向恩祥姊詢問那件心裡明明有數，卻故作不知情的事情。我知道如果不問的話，根本無法入睡。我解鎖手機，側躺著將臉貼近那長方形的光亮之中，傳了訊息給恩祥姊：

—妳上次說的那件事，怎麼做啊？

—什麼事？

—虛擬貨幣。

—真是的。

緊接其後的訊息還是恩祥姊：

—我提議一起買的時候，妳不是說沒興趣嗎？

江恩祥商會

二〇一七年五月四日

恩祥姊是我認識的朋友之中最愛錢的。

說她愛錢，有點……過分？但我可沒說她視財如命，所以這樣講應該還好吧？不行，看來還是得換一種說法。恩祥姊是一個有經濟頭腦的人，她擁有很強的獲利欲，換句話講就是喜歡追求利益，她做任何事都會先計算金錢利益，才做出選擇……這樣講感覺又少了什麼。好吧，或許這麼講才最為貼切：恩祥姊是一個很喜歡錢的人，也許聽起來很奇怪，但她的那種喜歡真的是很單純的喜歡，就跟我的組長喜歡喝咖啡、智頌喜歡衝浪一樣，恩祥姊只喜歡錢。

我是在剛入社的第一年冬天發現這件事的。那天，我在上班的地鐵裡偶然遇到恩祥姊。奇怪的是，那天無論是地鐵車廂內，還是地鐵站裡都特別擁擠。當我們懷著奇怪的預感走出地鐵站時，外面的光景更是嚇了我們一跳，我們不禁懷疑是否下錯了站。一大清早，成群結隊的人們如潮水般朝著某大學的方向湧去，馬路上的車輛也大排長龍地朝著同一個方向駛去，交通可說是近乎癱瘓。

「天啊，出什麼大事了嗎？」

就在我們因初次在上班路上遇到這種光景而驚慌失措時，熙熙攘攘的人群中傳出一句話：「今天有論述考試[4]。」僅此一句話就解釋了所有狀況。也就是說，這些人都是為了考取附近私立大學而來參加論述考試的學生，以及送他們過來的家長。我目瞪口呆。

「唉，真是人山人海啊。」

恩祥姊搖了搖頭。

「現在的大學都在做收取報名費的生意。」

「送孩子過來的家長該不會一直在考場外面等待吧？」

「是吧，而且天氣還這麼冷。」

我回想起當年還是考生的自己，莫名地對這些孩子產生了憐憫之情。就在這時，恩祥姊探頭掃了一眼人群，突然開口說：

「應該去哪裡批一些暖暖包或是毛毯來賣，肯定會賣得很好！」

那是我第一次遇到冒出這種想法的人，而且還是很興奮地說出這種想法。恩祥姊急忙摘掉手套，從口袋裡拿出手機，在搜尋框裡輸入「超細纖維毛毯批發價格」。

「批發五百條的話……一條大概是兩千五百韓圓……」

恩祥姊反覆曲起手指，計算著價格。

「售價五千韓圓的話，純利潤就有一百二十五萬韓圓。賣一千條的話，就能賺兩百五十萬韓圓。不對，一千條的話，成本會更低……少說也能賺兩百六十萬韓圓。哇，這可比我們的薪水還多。」

我們朝公司的方向走，漸漸遠離了人聲鼎沸的人潮，但恩祥姊還是時不時地回頭一邊看向人群，一邊計算著如果一條賣六千、七千韓圓的純利潤。她還搜尋了暖暖包的價格。恩祥姊在極短的時間內得出賣毛毯比暖暖包更有利可圖的結論。

4 韓國大學入學考，由各大學自行擬定一段論述文字或資料，要求學生根據出題的資料進行分析並陳述自己的觀點，與傳統命題作文不同。

「多海啊，我打算明年提早準備，請假來賣毯子。妳要不要一起？」

當時我還以為她在開玩笑，但自從跟她成為好朋友以後，每年冬天到了論述考試的時候，我都會在上班路上忍不住多看一眼人群，心想說不定能看到擠在人群之中賣毯子的恩祥姊。

一起吃午飯的時候也是如此，恩祥姊在等餐時會問我們這種問題：

「妳們知道這一區哪一家餐廳的生意最好嗎？」

我說是每次都要排隊，而且以高CP值套餐聞名的壽司店，智頌則選了每一區都有的部隊鍋連鎖店。恩祥姊驚訝地反問一句：「是嗎？」然後邊用兩隻手指輕敲兩下桌子，邊說自己覺得這家店的生意最好。話音剛落，全州式豆芽湯飯和分裝在不鏽鋼小碗裡的雞蛋送上餐桌。我和智頌同時舀了一湯匙熱湯放進裝著雞蛋的碗裡，一邊攪拌一邊流出了口水。雖然恩祥姊也做著同樣的動作，但她的話始終沒有間斷。

她要我們留意觀察，這間店送餐的速度有多快。此外，湯飯這種食物的特點是，客人很快就能吃完走人，所以翻桌率很高。恩祥姊認為這間店的午餐時間可以接待四批客人，如果效率高的話，五批也沒有問題，而且沒有使用什麼高價的食材，最貴的可能就是雞蛋而已，豆芽的成本也不高。放眼望去，廚房裡一個人，店裡一個人，雇用的人也比周圍的餐廳少。再加上這間店不是連鎖店，不用繳納特許權使用費。但比起這些，最重要的是，這家湯飯便宜又好吃。周圍公司的員工最喜歡的食物之一就是豆芽湯飯，當作醒酒湯也很不錯，所以人氣相當高，偶爾還需要排隊，就連我們也會一個月光顧三次……至於成本問題，恩祥姊又算起了兩批客人能賺多少錢，翻桌率是多少……最後，她乾脆查起了這間店的月租金，推算出了營業額。

我是那種如果乘法超過兩位數就需要使用手機計算機的人，如果超過九九乘法範圍的數字，我根本不敢用腦子計算。正因為這樣，每次恩祥姊提到這種話題的時候，我都隨便聽聽，智頌好像也沒興趣。從某個瞬間開始，恩祥姊完全不在乎我們是否有在聽她講話，徹底進入了自言自語的境界。所以現在我和智頌也已經習慣了聽她自言自語，我們無聲地低頭吃飯當作是適應這種情況也無妨。每當這種時候，我和智頌都會互相交換眼神，在心底偷笑「恩祥姊又開始了」。

還有，這件事一定也要講一下。

公司裡幾乎沒有人不知道恩祥姊，這都是因為她之前搞的副業——「江恩祥商會」。令人驚訝的是，恩祥姊兩年前在公司的辦公室裡賣了差不多一年的雜貨。最初賣的是牙膏。恩祥姊的父母在京畿道水原市某住宅區經營一家小超市，某天，她從超市拿了一箱牙膏，接著那箱牙膏莫名其妙地出現在她的辦公桌上。恩祥姊沒有將牙膏借給那些突然發現牙膏用完的人，而是向他們兜售起牙膏。

買牙膏放在辦公室是一件很麻煩的事。很多人會在牙膏快用完的時候心想：「下次再買就好了。」但隨後就忘了這件事，等到牙膏再也擠不出來的時候，才會向周圍的人借。雖然距離公司不遠處就有一家便利商店，但為了買一支牙膏等電梯，搭電梯下樓，還要過馬路……如果天氣特別冷或特別熱、下雨或下雪的話……就會覺得為了買牙膏而跑這一趟實在太不值得了。

在恩祥姊那裡體驗過購買社內牙膏之便利的人們開始奔走相告，幫她打起了廣告。如果牙膏用完了，就去七樓找採購組的江恩祥。就這樣，一箱牙膏很快就賣完了。如果是我的話，可能會就此收手，但恩祥姊不僅一直補貨，還另外準備了一本帳本，甚至從父母的小超市拿來更多東西。

江恩祥商會備有清洗馬克杯和隨行杯時所需的小蘇打粉和菜瓜布，絲襪破洞時應急的咖啡色絲襪，中午吃了清麴醬[5]或烤五花肉回來後，突然遇到要開會時急需的芳香除味劑，還有不知道從哪裡弄來的人工淚液、膚即淨軟膏、痠痛貼布和普拿疼。這些商品中最暢銷的是杯麵，泡菜杯麵、炸醬杯麵、乾拌杯麵，甚至連越南米線都有。杯麵在下午三點到四點、晚上七點到八點之間最受歡迎。恩祥姊週末回父母家的時候，會把要賣的東西裝在行李箱裡帶回來。她說因為杯麵銷量好，所以在首爾「打通」了一家供應商。

隨著商品種類增加，生意好到無法不「正式」經營的狀態後，恩祥姊乾脆就做了一張「江恩祥商會」的牌子掛在自己座位隔板一側的牆上。為了不妨礙工作，她採取自助買賣的方式。這是最早在賣牙膏時想到的。恩祥姊的辦公桌在角落，右側是通道，前方是牆，所以隔板內側有很大的空間，平時不用的箱子都會堆放在那裡，幾乎等同是倉庫了。恩祥姊把那裡清理得乾乾淨淨，然後將商品放在不知從哪裡弄來的塑膠籃收納置物推車上。推車的一側擺著一個黃金豬存錢筒，（「江恩祥商會」牌子下方的）牆上還貼了商品價格表以及可以直接付款的銀行帳號與QR Code。當然，恩祥姊也準備了賒帳帳本，並把帳本和原子筆綁在一起掛在牆上，每天整理出明細，發郵件寄給大家。

---

5 用大豆發酵而成的一種調味醬。以清麴醬做的清麴醬湯散發濃濃的大豆香味，味道清淡爽口。

有一次，我加完班下班時去看了一眼也在加班的恩祥姊。午夜將至，七樓的人幾乎都走光了，天花板上的燈也已熄滅，只剩角落還亮著燈，那是恩祥姊的位子。黑暗之中，檯燈的照明如聚光燈般照在恩祥姊低垂的肩膀上，正熱衷於某事的背影不知為何看上去如此堅毅。我躡手躡腳地走到恩祥姊身後，偷偷摸摸地看了一眼她在做什麼。

只見黃金豬四腳朝天地擺在桌子上，肚皮上的蓋子開著。恩祥姊用手指撥了撥從存錢筒倒出來的硬幣，找出兩個五百圓攥入手心，與此同時，低聲且有節奏地數著一千、兩千、三千、四千……湊夠十個五百圓硬幣之後，整齊地疊放在一起。每完成一個五千圓的硬幣塔時，恩祥姊便會在存錢筒旁邊的便條紙上畫一條線，漸漸地湊成一個「正」字。恩祥姊規律地重複著這套動作……不知為何，聽著硬幣相互撞擊時發出的淒涼響聲，我的胳膊起了雞皮疙瘩。以相同高度疊放在一起的一百和五百圓硬幣塔一字排開，越來越多，便條紙上的「正」字也逐漸增加。她要有多驚人的專注力才不會注意到自己身後站了一個人，而且還站了這麼久呢？我覺得很無語，最後出聲笑了出來。聽到笑聲，恩祥姊這才意識到背後有人，回頭看向我問：

「嗯？多海，妳不是要下班了嗎？怎麼還在公司？」

我一邊回答「我過來看看妳」，一邊抓住她向前彎著的肩膀往後舒展開來。恩祥姊的斜方肌非常僵硬，她發出「哎唷、哎唷」的呻吟，要我再多幫她按摩幾下。我以指尖用力按著她的肩膀和後頸，問：

「恩祥姊，妳為什麼這麼拚命？都不覺得麻煩嗎？」

恩祥姊攤開雙手，以合掌的手勢整齊地整理了一遍五百圓的硬幣塔。硬幣發出嚓嚓響聲的同時，恩祥姊回頭看向我，淡淡一笑說：

「這可比想像的有意思。」

當發出「有意思」這三個音節時，她的情緒瞬間起了波動，眉頭緊蹙，很快又舒展開來。我問：

「這樣能賺多少錢？」

恩祥姊遲疑了一下，接著以「這件事只有妳一個人知道就好」的架勢，舉起手摀住嘴巴，細聲說了一個字：

「九。」

「九萬韓圓？」

「嗯。」

「一個月？」

「嗯。」

真是教人啞口無言。如果換作是我，還不如不賺這九萬韓圓……這怎麼能不讓人覺得恩祥姊對錢是一片真心呢？整齊排列的硬幣塔在檯燈的照射下閃耀著光亮。

之後沒多久，江恩祥商會的時代便在一年六個月的盛讚聲中落下了帷幕。不知是誰向人力資源部舉報江恩祥在公司私下營利，導致公司還為此召開了懲戒委員會，所幸沒有懲罰她。但按照入社時簽署的禁止兼職條款，公司禁止了恩祥姊的販售行為。對此很多人都感到遺憾，就連通知恩祥姊要清理物品的人力資源部員工也是江恩祥商會的老顧客。那人遞給恩祥姊文件，請她在不能再進行社內營利行為的文件上簽字時說：

「真是遺憾。如果我是社長的話，一定會給妳補貼金。這是真心話。」

現在回頭想想，恩祥姊似乎已經超越了單純的「想賺錢」，她更像是一個希望能「以錢滾錢」的人。無論在什麼情況下，恩祥姊想到的都是「負債經營」。也就是說，她不是那種把錢攥在手裡的人，而是會思考如何利用手中的錢去創造更大的利益。在眾多的選擇之中，權衡哪一種能獲得更大的利益，以及哪一種可以減少損失。

然而即使是這樣的恩祥姊，也沒有一直在「負債經營」上取得成功。據我所知，江恩祥商會突然被終止營業後，積攢下了很多庫存，最後還是出現了赤字。此外，恩祥姊把進入瑪龍製菓之前第一家公司給的退休金，全都拿去買了股票，結果虧損了一半。每次聽恩祥姊提起這件事，就連不懂股票的我都會覺得痛心，所以如果恩祥姊不主動提起，誰也不會多問。不過偶爾去公司附近的餐廳吃晚餐，看到電視播報關於投資公司的新聞時，恩祥姊仍會一反常態地破口大罵：「放幾隻跳蚤也能活蹦亂跳的股市，都被那些操縱股市的王八蛋攪和亂了。」

恩祥姊還和幾個朋友籌集資金，在弘大地鐵站附近買了一間辦公室型的公寓來經營Airbnb民宿，收益按投資金額分配。但由於恩祥姊沒有多少存款，只能投資最少的金額，每個月僅能分到十五萬韓圓的收益。民宿經營了一年多，最後因為打掃房間的分工問題，恩祥姊和其他人大吵一架，收回投資金之後，恩祥姊就以跟朋友絕交結束了這次投資。恩祥姊不理解為什麼自己的投資比率最低，打掃房間的分工次數卻要一視同仁。每次提起這件事的時候，她都會說，因為那時跟朋友絕交了，所以現在只剩下我和智頌兩個朋友，這讓我和智頌感到很有負擔。後來我們又聽說，在國內以那種方法經營民宿其實是非法的，不禁又大吃了一驚。

每次恩祥姊都口出驚人，但她自己卻不以為然。我真的能夠信任這樣的恩祥姊嗎？

我從十八歲時開始打工，省吃儉用存了十年的定存眼看就要到期了。但我現在卻在計畫按照恩祥姊所說的，把所有存款拿來投資在自己連什麼是區塊鏈、什麼是虛擬貨幣都還沒搞清楚的以太坊上。就算以太坊具有某種革新性的功能，我也不需要那種技術。虛擬貨幣無法攥在手裡，僅以代碼存在，萬一不能轉手賣掉，等於是把全部財產拋到了九霄雲外，之後就只能重新白手起家了。不對，我還沒還清助學貸款，所以肯定是要負債的。也許智頌說的沒錯，恩祥姊遲早要闖禍。追隨這樣的恩祥姊，說不定我遲早也會闖禍。

儘管如此，我還是決定相信恩祥姊。

因為她展示的圖片上是令人難以置信的美麗曲線。

J曲線

二〇一七年五月二日

佛誕節的前一天，也就是連假前，我在香啡繽的三號車廂跟恩祥姊見了面。

桌上擺著一個我之前從未見過的東西，那平滑且散發著優雅的金色光亮的物體背面映入我眼簾。

「妳買iPad了？」

恩祥姊擺出一副誇張的傲慢表情，雙手環抱在胸前點了點頭。

「這次的新款嗎？」

「嗯。」

我站在原地拿起iPad，來回摸著那圓滑的稜角和如鏡子般閃閃發亮的蘋果標誌。

「好漂亮啊……什麼時候買的？」

「妳先坐下。」

恩祥姊拽著我的衣角讓我坐到她身旁，掀開iPad的蓋子摺疊成三角狀架在桌上，點開電子試算表的軟體，接著我看到名為「我的以太坊」的文件中，按照時間順序詳細地記錄了恩祥姊的投資明細。A欄是購買日期，B欄是買入價格，C欄是匯款金額。恩祥姊在1ETH（以太坊）七千兩百五十二韓圓的時候投資了兩百萬韓圓，之後漲到九千韓圓的時候，又投資了七百萬韓圓（在這之間，提取出定期存款）。當以太坊漲到一萬韓圓以上時，恩祥姊便把剩餘的三百萬韓圓存款全部拿來買以太坊了……之後也不斷購入小金額。這等於說，恩祥姊領到薪水以後，除了留下基本生活費和償還貸款的本金與利息，剩餘的錢全部拿去買以太坊了。就在我盯著畫面中芝麻大小般的數字時，恩祥姊問了我一個不算問題的問題：

「妳知道以太坊現在漲到多少錢了嗎？」

我沉浸在沒有根源的緊張中，搖了搖頭。恩祥姊沒有解答，而是快速地連點了兩下HOME鍵，轉換到網頁瀏覽器。只見密密麻麻方格狀的白色畫面瞬間變成黑色，畫面中的世界彷彿突然從白天轉變成黑夜。

瀏覽器漆黑的背景色上清楚可見隨意排列的顏色和長短各異的長條柱，

那是混雜著紅綠的長條圖。紅色和綠色近似螢光，十分引人注目。每當恩祥姊的食指在畫面上左右移動時，那些長條柱便會一閃一閃地改變位置，看起來就像掛在聖誕樹上花花綠綠的小燈泡。盯著那些沒有規律且不停閃爍的紅光和綠光，我感覺眼睛很痛。就在我不知道該把視線鎖定在哪裡的時候，恩祥姊將變動的畫面定格，親切地用手指指了一下數字，低聲對我說：

「九萬兩千三百五十韓圓，這是現在的價格。」

當我意識到剛才電子試算表上的數字與恩祥姊口中的數字相差甚遠時，徹底驚呆了。接下來，恩祥姊伸出拇指和食指，以V字型觸碰一字排開的紅綠長條柱畫面，接著快速合攏兩根手指。兩根手指之間的距離縮短的同時，長條圖也快速地縮小。瞬時間，畫面比例縮小，長條柱聚集在了一起，視野因此變寬了。

最後，畫面中出現一條巨大且陡峭的曲線，從左至右，起起伏伏，看上去稍稍向下傾斜，但又在無法預測的時候，以刀削般的鋒利之勢朝右上方突然飆升。這就是J曲線。

我突然感覺體內似乎有什麼東西朝腳底掉了下去，由此引發的震盪使全身上下的細胞都在震動。

那一瞬間，我就像是被人帶到了煙火晚會的現場，心情好似看到了漆黑夜空中綻放的煙火。在那只有仰望才看得見的高處，聽見火藥「砰」的一聲響，金黃色的火花飄然落下。那些碎片閃閃發光，落在地面上的聲音猶如硬幣般清脆響亮。即使只是看著，也會讓人產生大發橫財的錯覺。我徹底沉浸在了這樣的錯覺之中。

此時此刻，我才徹底醒悟到，我深深盼望著的正是J。我迫切需要、等待已久的，正是這樣的曲線。這醒悟的瞬間彷彿一道閃光，讓我看清了眼前的現實。

我每天往銀行裡存入沙粒般微乎其微的金額，從未有過可以積少成多或是實現什麼的期待或希望。我只是在這樣不間斷的行為中得到了安慰，所以才會一直做著這件事。其實我很清楚，至今為止我所積攢的一切是多麼微不足道且容易被摧毀，然而我卻沒有直視這件事。

進入大學，我開始一個人在首爾生活時，住進了三人房的宿舍，與科系、性格、喜好及生活方式都不相同的陌生人生活在一起，既尷尬又鬱悶。雖然宿舍只是睡覺的地方，但連睡覺也覺得不自在。之後，因為沒抽到宿舍，我只好在學校後門附近另外租房。那是一處將商業建築的頂樓改建成幾個隔間的房子。總共六間房，一間公用廚房和兩間廁所。八個人住在那裡，但女廁只有一個馬桶，沒想到那時出現的慢性便秘至今還困擾著我。如果只看廁所的話，當初三個人用一個馬桶可比五個人用一個方便多了。一年後，我搬去了高檔的考試院[6]。雖然高檔的考試院比一般的考試院租金貴，但我想要住在有獨立衛浴的房子。只是我至今仍想不明白，為什麼要用透明玻璃當作分隔房間與廁所的牆。馬桶的大小幾乎一致，雖然存在一定程度的偏差，但差不到哪裡。無論人胖或瘦，使用的馬桶都是相同的。換句話說，即使房間小，也不可能縮小馬桶的尺寸，所以房間越小，馬桶的存在感就越大。在不到四坪的房間裡，根本沒辦法避開那道玻璃牆內側的馬桶。從早上起床、喝水、換衣服、吃東西、寫功課、準備考試到睡覺之前，那個白色的、光滑的馬桶都會進入我的視野。我決定把馬桶遮起來，於是買了一個吸盤式的掛鉤，對準吸盤呼一口氣，用力貼到玻璃上，最後在上面掛上一條大

6 考試院是韓國最便宜、靈活度最高的租屋形式，平均一間房只有三・五平方公尺，附有一張單人床、書桌、衣櫃，少數會附電視或冰箱。便宜的考試院房內沒有獨立衛浴，和廚房一樣要跟別人共用；高檔的考試院則空間較大，也會有對外窗及獨立衛浴。

毛巾，才勉強遮住馬桶，但掛鉤總會在半夜或凌晨「啪」的一聲掉下來。找到工作以後，我才搬到現在住的房子。這是我迄今為止住過最寬敞的房間，不僅窗戶大，房間也四四方方的。直到住進這裡之後，我才意識到以前住的房子都有微妙的怪異之處——房子是凹陷的五角形。房間不僅有很多角，每面牆的寬度也各不相同。住在那樣的房裡我經常作惡夢，夢到醜陋且巨大的多角形從山坡上朝我滾下來，尖銳的稜角刺向我。正因為這樣，我才會喜歡這間整潔且四四方方的房子。但問題是……那該死的門檻！鞋底的灰塵會飄進毫無界線的房間，這是在最初脫鞋才能進入的宿舍、租的房子以及高檔的考試院都不存在的問題。

我很清楚自己正朝著理想的方向，比之前住的地方多出三個優點和一個缺點的地方緩慢前行。不僅是居住空間，我的人生也是如此。從出生到現在，隨著時間流逝、年復一年、每長一歲，雖然覺得比之前有了一點起色，但又像是在原地打轉、笨手笨腳地穿針引線一般。現在的我不斷前進又後退，但至少往前時是一步，往後時又是一步，不太會有原地踏步的感覺。我就這樣非常緩慢地……慢慢地……緩緩地……一步一步……一天一天……日復一日……僅此而已。這樣的我，究竟還能奢望什麼呢？

我對穿針引線已經厭倦了。現在我只想裝上推進器，一飛沖天。我渴望跳躍、渴望飛奔，很想體驗一下漫步青雲的感覺。投資是我人生中從未做過的事情，甚至連想都沒有想過，所以自然不會有期待或盼望。但是現在，它正在我眼前閃閃發光。

J。

看到它的瞬間，我立刻意識到這就是我想要的。

恩祥姊又按了一下HOME鍵，然後點開深紫色背景上寫著白色「GO」字體的軟體圖示，向我展示自己的加密貨幣錢包和錢包裡有多少種虛擬貨幣，以及那些貨幣的價值。

一億三千六百萬韓圓。

「瘋了吧！」

我下意識地脫口而出。

「妳說的沒錯。現在這個……的確是瘋了。」

恩祥姊也無法相信似的，聲音微微顫抖。她說從早上開始，曲線就持續飆升，搞得自己一整天無心做事，而且這種情況在過去的一個星期裡發生了好幾次。暴漲、暴漲……暴漲。

聽恩祥姊這樣講，我不禁懷疑現在購買會不會為時已晚？恩祥姊像是看穿了我的心思，強調說想要投資就要趁現在。投資本來就是這樣，必須乘勢而上，跌的時候買是最愚蠢不過的事，因為那只會一直往下跌。只有在上漲的時候買，才會持續上漲。這些虛擬貨幣還有上漲的空間，還有很大的空間……

原來恩祥姊每天都會到聚集了全世界虛擬貨幣投資者的網路社群，確認虛擬貨幣的走勢。不僅如此，她還利用翻譯軟體一絲不苟地確認以太坊的創辦人維塔利克·布特林說了些什麼，以及不斷更新相關的技術知識。根據恩祥姊的判斷，以太坊也會像比特幣一樣，不，會比比特幣更有價值。恩祥姊見我一聲不吭，突然抬起右手，做出緊急召喚某人的手勢，掌心朝向自己揮了兩下，然後伴隨著右手的節拍一邊輕輕點頭，一邊隱祕地說：

「把握機會，進來吧。」

恩祥姊用了「進來」一詞。也許是因為這個詞，讓我覺得自己好像站在了通往某個地方的入口。我踩在以薄薪度日的世界與漫步青雲的世界交界的門檻上，毫無自信地探頭探腦觀望著。

「多海啊，妳看好喔。」

恩祥姊接著說：

「我現在要還債了。」

恩祥姊拿出手機，點開銀行軟體給我看了一眼存款。前天，恩祥姊從以太坊的錢包裡取出一千五百萬韓圓存入了銀行帳戶。她點進銀行軟體的貸款選單，再點進繳付的介面……最後按下全額支付的按鈕，隨即一千四百萬韓圓轉進了貸款帳戶。一則訊息接著顯示：

全額貸款已繳清。

「妳看，我現在是無債之身了。」

恩祥姊接著說：

「妳不是也有學貸嗎？」

有，當然有！看來恩祥姊只是申請了助學貸款，但我除了四年的學費以外還有生活費，所以我要繳付的金額遠遠比她更多。

「妳抓緊時間吧。說實話，對我們來說……如今也只有這一個選擇了。」

我陷入無聲的沉思。恩祥姊突然問我，記不記得小時候電視播過一部叫做《超時空遊俠》的卡通。

「妳不記得了嗎？裡面有一個戴著奇怪的太陽眼鏡的水壺。」

我當然記得。那部卡通講的是，從過去來的天才博士發明了一個叫作飛天壺的時光機器，如果對著它唸出節奏奇怪的咒語，壺嘴便會向空中發射圓柱形的光束隧道，主人公們進入隧道後便可以穿越時空。恩祥姊讓我仔細回想一下，那個通往其他次元世界的隧道都在哪裡、以怎樣的方式出現。

「它會在意想不到的地方，突如其來地出現，在我們從未想像過的地方。」

恩祥姊又指了指iPad畫面上的以太坊曲線圖說，那個隧道就是這個。她還說，雖然這個隧道會在意想不到的地方突然出現，但並不表示它會一直存在。那個隧道會發出怪異且難以理解的嗶嗶聲，還會閃爍令人不悅的藍光，它會從這邊的世界通往另一邊的世界，但幾個人進入隧道以後，那個圓形的入口便會漸漸縮小，用不了多久就會發出沙沙的聲音徹底關閉。趁著運氣好、入口大開的時候不趕快進去，就等於是錯過時機。

「我覺得這是為我們這種人暫時且偶然打開的，唯一的機會。」

「我們這種人」這幾個音節如同回聲般持續盤旋在我腦海。

恩祥姊、智頌和我之所以很快成為朋友，是因為莫名中覺得彼此是同一類人。然而在過去幾年的時間裡，我醒悟到即使我們在同一家公司上班，領取相似的薪水，卻始終生活在各自不同的世界。我們之間存在著一條透明的線和看不見的階梯。上班族在公司無法只談論公事，偶然在通勤的地鐵裡相遇，或是一起吃午飯、晚飯的時候，又或者是在吃完飯返回公司的路上、等電梯的時候、社內聚餐、研討會後的聚餐，以及去研討會的車上……即使不想聊私人的事情，也會有身不由己的時候。我豎起耳朵聆聽過往人們的對話，透過推測並重新整理那些對話內容以找到自己身處的位置。我沒有故意為之，一切都是那樣的自然。從人們的閒談中可以獲得很多資訊，比如在哪一區度過學生時代、如何上下班、週末做什麼、節假日會去哪裡、父母的職業等等。當得知對方住在富人區的江南，是ABC、教授的女兒，或是醫生的兒子以後，不知為何再見到那個人的時候，我就會莫名地覺得自己很渺小。在貼上羨慕或嫉妒這樣世俗且難為情的標籤之前，我的五臟六腑就已經感到不適了。察覺到這一切的時候，我會立刻感到很自卑。當然，我不喜歡這樣的自己，但也沒有辦法，因為這是我無法控制的事情。就算我和大家就職於同一家公司，領取相似的薪水，乍看處境相同，但我和他們始終不同，我們生活在不同的世界，未來也會一直這樣……我常常覺得對方與我之間的距離越來越遙遠。

當然，那些人講的話並無惡意，他們只是單純地聊著日常而已，更沒有絲毫要讓我感到自卑的意思，他們甚至不會意識到那些話會讓別人自卑。不以居住地點、父母的職業和財力評價他人，如果做不到這一點，就會被大家看成是沒有教養的人，為人膚淺，因為看人要看其本質。然而我卻做不到這一點，我也知道這種態度很糟糕，但我還是會一邊留意他們講的每一句話，一邊劃下界線，認為自己低人一等，並與之保持距離。

啊……所以他們就算在這種薪水低的公司上班，也看起來很開心。他們肯定覺得工作很有趣，即使加班也很有成就感，而且熱情洋溢。他們就算領取薄薪在這家公司上班，等到結婚的時候，父母也肯定會給他們買房、買車吧？就算不買，也會幫忙分擔一部分吧？他們會有多舒心……哇……真是……無憂無慮……我要是也能那樣生活……心裡肯定會很踏實……他們不會知道我的想法如此狹隘吧？他們可能還很喜歡我……想到這裡，我意識到自己羨慕的不是出生在富裕的家庭，而是羨慕那些人可以正視他人的健康心態。反觀自己，我心胸狹窄，很難輕易喜歡別人。

但是我與恩祥姊和智頌聊天的時候就不會這樣，我們從相識的第一天起，就憑直覺感受到我們是「同一種人」，並基於這一點相互產生了好感，之後經常聚在一起，透過聊天證實我們的直覺是正確的。從我們的對話可以得知，大家的父母都沒有念過大學，也不是公務員或者從事專業領域。也就是說，我們都得不到父母經濟上的支援。取而代之的是，每個人家裡都因為各種原因欠下很多負債，而且至今仍未還清。我們住在房租便宜且沒有人氣的地段，居住型態是月租，分別住在五坪、六坪和九坪的單人套房。我可以放心地喜歡她們，和她們在一起時，我不只不會覺得自己的人生有多糟糕，甚至還會覺得我們彼此在自己的位置上很努力地生活。至少到目前為止是這樣的。

然而現在，突然出現了一道穿透虛空、散發著奇異光線的隧道，站在隧道入口的恩祥姊獨自一人解開拴在腳踝上的鎖鏈，進入了隧道。此時的她已經抵達了另一個世界。我也想解開拴住雙腿的沉重枷鎖，輕鬆進入另一個世界。這時，我的眼前……一閃……一閃……那個溫馨、迷你的臥室亮了起來。

與恩祥姊分手後，我在回家的路上給房仲打了電話。

「上次看的那間房子，如果修理好了的話，我就簽約。我現在就把押金匯款過去。」

我打開銀行軟體，匯了押金。掛斷電話後，我立刻下載了恩祥姊告訴我的「BITGO」軟體。等待下載完畢的期間，我又確認了一下銀行帳戶。上個星期，定期存款期滿後，錢已經自動轉入活期帳戶了。

我又考慮了兩天，最後購買了價值三百萬韓圓的以太坊。

第二部

달까지 가자

To the Moon

二〇一七年五月五日

1ETH漲到了十四萬九千九百八十韓圓。就在我擔心「萬一現在就是J曲線的最高點，該怎麼辦」的時候，J又上漲了。一夜之間，我的虛擬貨幣總額從三百萬韓圓變成了四百萬韓圓。但高興只是暫時的，我開始後悔為什麼只買了三百萬韓圓的以太坊。帳戶裡還有一些現金，於是我又買了四百萬韓圓的以太坊。

二〇一七年五月十九日

1ETH漲到了十六萬四千八百五十韓圓。我的虛擬貨幣總額變成了八百八十九萬韓圓。

真是瘋了。

沒想到我會在品嚐到危險投資的膽戰心驚之後，講出這種後悔莫及的話。我告誡自己不要被誘惑，不要等到賠光所有財產才來反省，所以我沒聽恩祥姊的建議把全部錢拿來投資。然而現實剛好相反，此時的我正以另一種意義講出這句話。

真是瘋了，當初根本應該再多買一些，應該全部拿來投資，把存的錢都拿來買以太坊……我怎麼會這樣啊？我怎麼會這麼小心謹慎呢？

我每晚都睡不好覺。唯有一種方法可以平復這種後悔莫及的心情，就是只留下這個月所需的少許生活費，然後把所有存款和現金都拿來購買以太坊。

二〇一七年五月二十一日

1ETH漲到了二十萬四千三百韓圓。我的虛擬貨幣總額變成了一千九百六十九萬韓圓。但奇怪的是，隨著金額的增加，感到喜悅的同時也覺得很生氣。我氣的是做事不果斷的自己。如今我沒有現金了，我很鬱悶不能購買更多的以太坊。如果在1ETH漲到十萬韓圓的時候，我能有三千萬韓圓的話，現在就能變成六千萬韓圓。如果有一億的話，現在就能賺到兩億。我的腦子不斷想像著這些毫無意義的假設。雖然現在賺了不少，但我不在乎賺到的，而是一心想著假如能有更多的錢拿來投資，就能賺到更大一筆錢。

二〇一七年五月二十二日

1ETH漲到了二十六萬九千四百韓圓。我的虛擬貨幣總額變成了兩千五百九十七萬韓圓。我變得焦慮不安了。現在正是恩祥姊說的「漲勢」，接下來將會一路飆漲。我想要在此之前再多購入一些，於是解約了每月存入五萬韓圓的房屋認購帳戶。如果能有更多現金該有多好。

我平時不會留意社內的公告，但此時有一則公告進入了我的眼簾。公司換了一家管理退休金的證券公司，因此通知大家可以申請以每年核算的方式領取退休金。那天下午，恩祥姊聯絡我說，不要錯過領取一大筆現金的機會。我回覆說：

—已經申請了。

—做得好。

我打算拿到那筆退休金以後立刻購買以太坊。

二〇一七年五月二十三日

1ETH漲到了二十四萬六千四百韓圓。我的虛擬貨幣總額變成了兩千五百五十八萬韓圓。

二〇一七年五月二十四日

1ETH漲到了二十七萬兩百韓圓。我的虛擬貨幣總額變成了兩千八百萬韓圓。

二〇一七年五月二十七日

1ETH跌到了二十萬四百韓圓。我的虛擬貨幣總額變成了兩千一百萬韓圓。退休金入帳了，雖然金額不多，但對我而言已經是一大筆錢。我用那些錢又購買了以太坊。

二〇一七年六月一日

1ETH漲到了三十萬四千韓圓。我的虛擬貨幣總額變成了四千九百七十萬韓圓。恩祥姊的總財產……已經有三億九千萬韓圓了。我原本打算在交易的銀行再開設一個負帳戶，但因為已經貸了很多錢，無法再借債了。我跟銀行貸款三百萬韓圓，全部用來購買以太坊。

二〇一七年六月二日

這段時間並不是一路飆升，也有大跌的時候。遇到這種情況時，我就會心如火燒。大跌短則兩天，長則持續十天，每當這時，我就會想：賺這麼多夠了吧？是時候換成現金了吧？再這樣跌下去，一覺醒來豈不是什麼都沒了？每次我憂心忡忡地向恩祥姊徵求意見時，她都會很沉著地說：

—去年年底，整整跌了一個月。這種情況稱為「暴跌」。妳知道當時我是怎麼想的嗎？我和妳想的一樣，不如像之前炒股的時候，趕快收手。我差一點就按下了賣出鍵。

—當時，剛好看到維塔利克發佈的新消息，我認真讀完他的文章，心想這一定不會是盡頭。我靠著這個信念堅持到現在，然後捫心自問：

—如果當時我沒有堅持下來，全部賣掉的話，現在會怎樣呢？

答案只有一個，哭天喊地，後悔莫及。

—堅持。「死守」才是唯一的活路。

就結果而言，恩祥姊是對的。即使焦慮不安、心急如焚，但堅持幾天之後，價格很快又漲了回來。真是變化無常。只要稍稍堅持一下，很快便會從坐立難安的那個時間點再次出現Ｊ曲線，而且最高價還會不斷往上。很長一段時間，我們看到的都是綠色的曲線圖。每當曲線圖上的綠柱出現之前沒有的新高度時，我和恩祥姊便會放大Ｙ軸上的綠柱，截圖上傳Ｂ０３聊天室。每天早上睜開眼睛的第一件事就是看手機，到辦公室打開電腦後，立刻登入聊天室。有時我會先講話，有時則是恩祥姊先開口。我們沉浸在難以自拔的喜悅中，天天高喊著：

—漲吧！

——漲吧！

——漲到一百萬韓圓！

1ETH漲到四十多萬韓圓之後，我就改口稱呼恩祥姊為「將軍」了。

——將軍大人！我只相信妳！

——漲到十億！

——將軍！

智頌一直很安靜，連句話也不回。有一天，保持沉默已久的智頌終於忍不住回了一句：

——妳們到底要講到什麼時候？可不可以不要再講了？

隨後，她傳來了這樣的訊息：

——【公告事項】B03聊天室敏感詞：比特幣、以太坊、將軍、將軍大人、漲、衝、死守／禁止上傳BITGO的截圖。

智頌將公告置頂在聊天室最上方，接著又說：

——最後一次警告妳們，以後如果有人再使用其中一個詞，我就退出這個聊天室。

我再次召喚恩祥姊：

—General江！我相信妳。

—我們要去哪裡？

—月球！To the Moon！

智頌真的生氣了。

—妳們是不是瘋了？一定要這樣是吧？

—Sorry啦，妳別這樣，也加入我們吧！

看到恩祥姊的話，智頌一氣之下退出了聊天室。驚慌失措的我立刻重新邀請了智頌。因為知道恩祥姊不會開口，所以我先道了歉，並答應她：

—我知道了。對不起。以後在妳面前再也不提……虛擬貨幣的事了。

智頌把這段時間憋在心裡的話傾訴了出來，她說站在旁觀者的立場，天天看到我和恩祥姊為錢吵吵鬧鬧，覺得非常滑稽可笑。

—所以，現在那些錢都在哪裡呢？虛、擬、貨、幣、錢、包裡？

智頌在每個字之間親切地點上頓號嘲諷我們。她說，那不過是手機上的數字而已，又不是攥在手裡的現金，妳們每天盯著那些搞不好一夜之間就會變成廢紙的數字，相信那是到手的錢，這看在旁人眼裡真的很愚蠢。起初感覺妳們只是玩一玩而已，但都幾個星期過去了，每天看著妳們這樣，我才知道妳們不是在開玩笑。當發現妳們深信虛擬貨幣的錢包是真的以後，就一點也不好笑了，這太教人擔憂了。我對妳們在「虛擬」世界裡面賺了多少錢，錢包裡有多少錢一點也不感興趣，以後也沒有興趣，所以從今以後不要再在我面前提起這件事了。

智頌說，最重要的是，我們的對話令她產生一種莫名的剝奪感，她覺得很不舒服。每天聽到身邊的人在賺大錢，然後發現自己依舊過著跟往常一樣的生活，會覺得好像突然失去什麼似的。甚至還會下意識地思考，難道對虛擬貨幣不感興趣的自己是傻瓜嗎？不參與其中，會不會吃虧呢？

—我越來越討厭冒出這種想法的自己，心裡很不是滋味，對自己很反感。我為什麼要因為妳們而承受這種負面情緒啊？

—智頌啊，妳剛才說對我們賺了多少錢不感興趣，是不是？

恩祥姊問。智頌沒有回答，恩祥姊接著說：

—我就知道妳會這樣。但聽了妳的話……我覺得妳跟自己想的不一樣。那種感覺，所謂的剝奪感……反而說明了妳對這件事很感興趣。妳也想要像我們一樣賺大錢。妳不要否認。還有，妳似乎搞錯了一件事。虛擬貨幣錢包裡的錢可以立刻兌換成現金。我們沒有那樣做，是因為想要讓它翻倍，去賺更多的錢……這些錢，真的都是我們的錢。

恩祥姊附上網站連結後又傳了一則訊息：

－妳也加入我們不就沒事了？現在加入也不晚。妳點進這個網站看看，前天維塔利克寫的文章……

智頌提起了幾年前的事：

－不要！我不要看！我都講多少次了，我才不要做這種事。

－難道妳不記得之前炒股的時候了嗎？那時候妳天天買了賣、賣了買，結果賺了多少呢？不賠本就算萬幸了吧？我既不想每天盯著那些數字讓自己膽戰心驚，也沒有妳們那些閒錢。

說完，智頌嚴厲地警告我們說：

－已經十點了。妳們不工作嗎？我有很多事情要處理，妳們不要再跟我講話了。

之後，我們誰都沒有再講一句話。過了半天，智頌又補充一句：

－說實話，妳們……這樣看起來很危險。

我按下右上方的X鍵，關閉了B03聊天室的對話框。我好不容易收回心神準備工作，但螢幕下方的狀態欄又閃了起來。是恩祥姊。但她沒有在

B03群組裡講話，而是在僅有我和她兩個人的聊天室。

—我們在這裡聊吧！

那天之後，我和恩祥姊一如既往、時時刻刻地截圖、上傳、分享，高喊將軍！衝啊！漲吧！恩祥姊把我們的聊天室名稱改成了「To the Moom」。她說這是一種全球購買虛擬貨幣的投資者期待價格暴漲的隱語。我們講好一起堅持下去——飛奔到月球。

我的日常圍繞曲線圖旋轉著。

我的全部財產都掛在了那條連結紅、綠柱頂點的橙色細線上。我從十八歲開始打工，十年來做過各種工作，一點一滴存下來的錢全都掛在了那條細線上。我過去和未來的人生也全都掛在了那條細線上。

兩個月間，曲線圖每天都會起起伏伏好幾次，我的靈魂也隨之動盪不安。1ETH的價格最高漲到四十八萬韓圓，最低跌到十三萬韓圓；我的財產一下子變成九千萬韓圓，一下子又變成兩千萬韓圓。

一筆從未擁有過的巨款在我眼前晃來晃去，我就這樣度過魂不守舍的每一天。

每天大部分的時間，我都在後悔「漲到四十八萬韓圓的時候，應該賣掉……」，即使是在做事、移動或思考問題的時候，那句話也會像背景一樣隱存在我的腦海中。當然，我那時的想法是要堅持到漲到五十萬韓圓……看吧，我又在想這件事了！真是太奇怪了。仔細想來，我根本沒有賠本，但還是覺得彷彿有人搶走了我的七千萬韓圓。一股莫名的憤怒油然而生，我時常覺得這樣的自己很可悲。

幸運的是，本週的曲線圖呈現上升趨勢，今日價格一直都在三十萬韓圓左右起起伏伏。我連續點了幾下曲線圖上方的縮放鍵，隨著點擊次數，畫面快速地縮小。那條曲線如同某人病危時參差不齊的心電圖一般，一瞬間縮小後，我看到了一條只有漲跌標示，而且朝右上方延伸的巨大曲線。

現在，一目瞭然了。

曲線圖在某一區段出現彈跳。我相信這意味著，無論再怎麼跌，也不會低過我最初以十萬韓圓購入的價格。

總之一句話，態勢在上漲。

大概就是從這時候開始，無論是寫企劃案，還是寫報告，甚至就連卑躬屈膝地給客戶寫郵件的時候，我的心都會被那個名為「辭職」的、帶有蓬鬆質感的、令人心潮澎湃的單字誘惑得癢癢的。就這樣，我悄悄地萌生了辭職的念頭。我已經受夠了職場生活。我知道連代理一職都沒做到的自己講這種話很可笑，但我真的厭煩了保守的組織，蠢到家的主管，少得可憐的薪水，沒有人舉薦和提拔的人脈，學不到任何東西且毫無發展、只能靠一己之力處理的業務，沒有特別的革新和刺激，似乎一輩子只能停滯不前、維持現狀的業界……我在這種地方根本看不到未來。我關掉正在寫的週報Excel，打開新的文件檔，一目瞭然地整理出根據目前以太坊的價格，我賺了幾倍，以及換算成韓圓的金額。與此同時，我設想了一下，如果1ETH漲到五十萬韓圓時，全部出售的話，到時候我真的能辭職嗎？如果那樣，我可以賺到一億韓圓，但辭職後用這一億韓圓又能做什麼呢？可以租到兩房的房子嗎？廚房和客廳分開，外帶一間臥室……啊，如果是那樣該有多好！如果是那樣，客廳就不需要迷你沙發，而是可以放下一套大沙發和電視了。

但是，如果把這筆錢全部用來租房的話，我又要怎麼生活呢？問題卡在這裡。看來必須把目標再定得高一些，以太坊能漲到一百萬韓圓嗎？如果是那樣，我的財產總額會變成多少呢？但……

真的能等到那一天嗎？

我這樣問的時候，恩祥姊會非常堅定地說：

—那一天一定會來的！

—真的？

—我都說會了，只要死守就會等到那一天。

恩祥姊傳來一張照片。那是史蒂芬·史匹柏的《E.T.外星人》電影海報，但圓月上面不是腳踏車，而是一輛跑車。下面的韓文和英文寫著：

把豐田換成藍寶堅尼的方法：

1. 出售豐田。
2. 購入以太坊。
3. 死守。
4. 出售以太坊。
5. 購買藍寶堅尼。

既大又亮的圓月掛在午夜的星空上，「To the Moon」的手寫字體印在上面。我把那張圖片下載下來，設成我們聊天室的背景。該做事了，我重新打開剛才寫到一半的Excel……可是……又……覺得很煩躁。我甚至連覺得煩躁都膩了。日子過得越來越沒有幹勁，工作時間就只是反覆地按著Crtl+W和Crtl+Shift+T。我原本就不是在工作上傾注熱情的人，加上過去的兩個月，每天都查看數百次曲線圖，更加無心工作了。也許正是因為這樣，平時根本不會自告奮勇的我才舉起了手。

年月大師

二〇一七年七月十八日

那天，全組人難得一起去公司附近的炸豬排店吃午餐，組長莫名其妙地提起了算命的事。

「這禮拜有沒有人想在公司附近算命？」

「算什麼命啊？」

「有一位很準的命理師，人稱年月大師，聽說她會上門幫人算命。最近公司裡每個組都在約她算命，個人去找她的話費用是六萬韓圓，但約她出來就只要三萬韓圓，不過最少要三個人以上。你們有沒有人感興趣啊？」

關於算命的事，我也略有耳聞。有一次，我親眼看到香啡繽一號車廂的異常景象。一位上了年紀的大嬸不停地在本子上書寫，到此為止並沒有什麼特別的，但奇怪的是，每十五分鐘坐她對面的人就會換人。一個人坐了一會兒之後，相同的位置便會換成其他人。大嬸始終是同一位，但坐在對面的人卻一直在變，那些人除了脖子上掛有員工證以外，性別、年齡和員工證的顏色都不相同。

恩祥姊告訴我，那是所謂的「上門算命」。她還說，那些給人算命的命理師主要活動在上班族聚集的地區，不僅我們公司附近有這樣的命理師，在電視臺集中的上岩區也有知名的命理師，汝矣島的金融區也有名聲響亮的命理師，以及ＩＴ公司聚集的板橋一帶也有。命理師不僅能夠明快地解答像是何時結婚和這次會不會升等的簡單問題，還會回答諸如下一季準備推出的新產品應該要叫做「甜甜派」還是「半月派」；公司內部正在展開血腥的權力鬥爭，該歸順Ａ理事還是Ｂ理事；在現在的公司是否有發展，還是應該轉職，轉職的話，何時是最佳時機，以及辭職創業是否能成功等所有上班族都會關心的問題。上門算命的優點是，可以簡短地詢問自己想知道的事情，而且就在公司附近，不用另外再安排時間。據說，命理師一般只算生辰八字，但最近開始流行一起看塔羅牌。很多命理師會透過生辰八字分析現況，然後利用塔羅牌提供解決方案。如果算得很準，很快便會名聲四起，在該區域站穩腳跟。

「一般算命的地方算一次至少要五萬韓圓以上，但這種上門算命只要兩萬到三萬韓圓。」

「命理師親自跑一趟怎麼會這麼便宜呢？」

恩祥姊用拇指與食指圈出了一個圓，說：

「那些人還不都是為了這個？」

接著又補充說：

「薄利多銷啊。」

組長也講出了同樣的話。偏偏坐在我對面的組長沒有嚥下嘴裡的炸豬排，他一邊展示著嘴裡嚼得稀爛的食物，一邊喋喋不休地說：

「一般只算生辰八字，但也會一起看塔羅牌。你們有沒有人想要一起啊？」

令人驚訝的是，幾乎所有人都舉手了。真是太意外了。看到虔誠的基督徒朴代理也說要加入時，我著實嚇了一跳。當然，從沒算過命，也不相信這些的我也舉手了……我心想，大家表面上都很泰然自若，私底下也有很多煩惱嘛……我很好奇大家都會問什麼呢？我心裡也有很多煩心事，但卻毫無頭緒應該從何問起。將省吃儉用存下的錢全部投資虛擬貨幣，一心只想辭職的我現在要把決定權賭注在命理師身上……這到底算是真實的人生嗎？我露出了苦笑，連自己都覺得荒唐。這樣活下去真的沒問題嗎？髒兮兮的桌子上黏著一層薄薄的不知是炸豬排的醬料，還是沙拉醬汁，我把手機拿到桌子底下，解鎖後點開BITGO軟體偷偷看了一眼曲線圖。原本上午還是三十萬韓圓，現在卻跌到了二十多萬韓圓。不安感令我心如刀絞，突然很想吐，彷彿胃液在倒流一般。有生以來，我第一次沒有吃完起司炸豬排。

我們和年月大師約好在午餐時間算命，但說好一起去的人當天紛紛取消了。有的人因為突然出現的諾羅病毒必須趕去參加客戶召開的緊急會議，有的人則是考慮到宗教信仰的問題，最後決定不參與了。最後剩下的人，只有組長、晚婚的尹科長和我。我莫名覺得很不自在，雖然我不想以這種二男一女的組合赴約，但如果連我也不去的話，就無法符合最少三個人時，每個人三萬韓圓的價格。我不想因為自己而給其他兩個人添麻煩，只好硬著頭皮去了。現在回想起來，真不該做這種撿便宜的事情。

十一點五十分，我問組長：

「等一下我幾點過去？」

組長的視線一直盯著電腦螢幕，回答說：

「我們十二點準時一起去。」

「一起？」

「嗯，一起。難道妳想分開去嗎？」

「那個……通常不是訂好時間一個人一個人分開去嗎？」

「只有我們三個人，何必分開去，一個人去很無聊的。」

組長壓低聲音，像在說悄悄話似的接著說：

「聽說那個命理師帶了點靈氣，我怕自己去會被她的氣勢鎮住。我們一起去吧，我有點害怕。」

直到那時，我還沒有完全理解「一起」的真正含義。我以為三個人一起去咖啡店後，會分開跟命理師算命，所以沒有繼續追問下去。按照我的常識來看理所當然應該是這樣，但我忽略了一個問題，這世上有常識的人少之又少，而且不知道是不是我的常識標準設定得太高了。

不幸的是，組長的「一起」不是我想的那種意思。他的意思是，三個人坐在「一起」算命，一起聽算命師卜卦。這等於是，我們要在公司同事面前說出自己內心的煩惱。這也太尷尬了吧。如果早知道是這樣的話，我從一開始就不會為了有折扣而來算命了。與其這樣，還不如自己一個人，再不然約上恩祥姊和智頌也好啊。

我聽著根本不想知道的尹科長的結婚準備過程、退婚危機和兩家人之間的矛盾，尷尬得簡直快要哭出來。我覺得此時此刻，和我一樣快要哭出來的人正是尹科長。這世上哪有人會願意在主管和後輩面前公開自己毫不體面的私生活呢？儘管如此，尹科長還是不想浪費時間和金錢，問了自己真正想問的問題，欲哭無淚地傾訴了自己的煩惱，並按照年月大師的指引慎重地抽了塔羅牌，認真地記下了解決方案。

接下來輪到我了。

年月大師一邊把筆記本翻到新的一頁，一邊直視我的雙眼。她梳著中分的盤頭，筆直得教人毛骨悚然的白色髮線與黑乎乎的紋眉形成鮮明的對比。她的目光咄咄逼人，與她四目相對時，我感到十分害怕。

「妳的出生年月日和時間？」

我膽怯地唸出數字，與此同時，年月大師一邊用黑色簽字筆在白紙上記錄，一邊用另一隻手掐算著，隨即在數字底下快速地寫了幾個漢字。接下來，她從白襯衫的口袋裡抽出紅色簽字筆，在旁人看不出意義的地方迅速做了幾個標記。

「這位小姐頭腦很聰明，是吧？但是再怎麼聰明，也沒有考上知名大學吧？」

我大吃一驚。她到底是什麼人？算命才剛開始，我就產生一種像是被人按住後頸，強迫我跪下的感覺。為了不讓她看出我很吃驚，我故意沒做任何反應。

「考試當天，妳是不是身體不舒服？」

雖然不是什麼大病，但考試當天我的確感冒了，狀態非常差，只能在高燒不退的狀態下參加考試。聽到這裡，我才緩緩地點了點頭。

「我就知道。妳那年時運不佳，所以才會那樣。來，妳仔細聽好，妳是火，看看這裡，看到八字裡的兩團火了嗎？這個意思是，妳的火氣很重。再來看看妳大考那年，這好比江河流水般的運勢。火球掉進水裡，會怎麼樣呢？」

年月大師的氣勢太強，瞳孔絲毫沒有游移，眼睛也不眨一下。我甚至開始懷疑她是不是人類！看著她一直瞪大的雙眼，我莫名地眨起了眼，隨即把視線轉移到筆記本上。即使是在不斷提問的過程中，年月大師仍不停地寫著誰也看不懂的字。簽字筆碰觸到紙面發出的聲音，彷彿蛇在蜿蜒時發出的陰森響聲，那聲音像是在催促著什麼。我徹底被那沙沙作響的聲音與咄咄逼人的氣勢鎮壓住了，動彈不得，只能隨波逐流。我遲疑地說：

「……火會熄滅吧？」

「沒錯，因為運勢差，所以機會也消失了。這是什麼意思呢？總之，這都不是妳的錯。就算妳再努力，火遇到水還是會被熄滅。但是隔年妳的運勢很不錯，如果重考的話，肯定能考上比預期更好的大學。要是妳有點欲望的話，肯定能考上這裡。」

說著，她在筆記本上寫了一個大寫的英文字母「E」，然後在底下用力畫上兩道橫線。

「但妳不是重考的性格，對吧？妳不是那種想要積極改變現況的人，凡事只想順其自然……聽天由命！妳不滿意自己的人生，但要妳來一個翻天覆地的改變，妳也沒有那種力氣，因為生活已經夠辛苦了，隨波逐流反而比較舒心，對吧？」

我全身起了雞皮疙瘩。這是我第一次遇到有人能夠用具體的語言準確描述出連我自己都說不清楚的人生態度。這時，組長插話說：

「大師，妳也幫她看看工作運吧，她可是我們組上的主力呢。」

組長這是在假裝稱讚我。

「讓我看一看……公司，嗯嗯。」

年月大師又看了看筆記本，在生辰底下的漢字上用紅筆邊畫圓圈邊說：

「這位小姐沒有努力工作啊！」

「什麼？」

「她的頭腦非常靈活，但是只用了百分之七十的能力在工作上。她只使用百分之七十，卻裝出用了百分之百的能力，假裝自己在賣命工作。」

她是怎麼知道的？我的心跳加速，察覺到組長的視線定在了我的側臉上。我提高嗓門說：

「大師，您在說什麼呢！」

「嗯？」

「我可不是那種人！」

「不是的話，妳生什麼氣？我只是把我看到的說出來而已，白紙黑字都寫著呢！這裡寫著妳沒有努力，是一個機靈鬼。這也不是什麼壞事。我的意思是說，妳頭腦靈活，手腳也快，就算不努力，成果也不錯。但如果努力的話，還是有可能做得更好，我說的沒錯吧？對不對？」

我快瘋了。她越說越準，教人不寒而慄。我努力迴避組長的視線，但他的眼睛像是在追著我的太陽穴跑一般。我真不應該來的！我為什麼會坐在這裡！就在我不知所措的時候，年月大師抓起塔羅牌，洗好牌後，把塔羅牌一端固定在事先鋪好的藏青色毯子上，然後用手掌壓住塔羅牌，畫了一個半圓形。

「想著妳負責的工作，抽三張牌吧。」

不，不用了。如果再抽塔羅牌的話，真的要出大事了。

「啊，不用了。我沒有問題了。」

我快速從錢包裡抽出三張一萬韓圓紙鈔遞給她，年月大師毫不遲疑地接過錢，塞進紅色漆皮的錢包裡，接著用食指與中指夾著一張印有自己大頭照的名片，遞給我說：

「售後服務，日後可以聯絡我。」

年月大師用「接下來輪到你」的眼神看向組長。我真恨不得立刻走人，但我很快改變了想法，不能只有我一個人忍受這種恥辱，必須聽聽組長要問什麼，這樣我心裡才會好受一些。為了心理平衡，我也要留下來聽一聽。尹科長的眼睛注視著組長的嘴巴，他的想法似乎和我一致。組長看了看我和尹科長，斬釘截鐵地說：

「你們先回去吧。我要問些私人的事情。」

這也太教人無語了吧！喂，只有你問的是私人的事情嗎？我問的也是私人的事情啊！組長可真不是一般的人物，這個可惡的傢伙，像狐狸一樣狡猾的傢伙！我和尹科長尷尬地看了彼此一眼，緩緩地站起身。尹科長先推開玻璃門走了出去，就在我緊隨其後跨出門檻的時候，背後傳來了組長尖銳的聲音說：

「鄭多海！」

我嚇了一跳，立刻轉過身。

「嗯？」

「我知道妳工作做得好，我都知道。」

他接著說：

「但是我也知道，妳還能做得更好。」

「……」

「要更努力喔，知道了嗎？」

「是……。」

我推開門，走出咖啡店，一股令人窒息的熱氣迎面而來。尹科長的心情也很糟糕，他說想抽根菸，要我先回辦公室。因為已經過了午餐時間，我只好餓著肚子慢悠悠地往公司走回去。盛夏正午的陽光炙熱無比，照在頭頂都覺得很燙。我把手掌放在頭頂，雖然手背也被曬得發燙，但只能忍一忍了。

我沒有做錯任何事情，卻覺得雙頰發燙。我以為這是因為我被人揭穿了自己做事不努力、身為基層員工對工作沒有熱情，然而走了一段路之後又覺得好像也不是因為這樣。

我一直以為組長是一個下屬不匯報工作便一無所知的稻草人，他在景氣好的時候找到了這份工作，之後又因為運氣好，才做了這麼久。他是個既蠢又懶的人。我以為我對他已經瞭如指掌。

但是突然間，我發現也許不是這樣。組長也許什麼事情都知道，就連我自以為對他瞭如指掌也心知肚明。就因為這樣，他才能假裝一無所知，把所有責任和工作都推給下屬。自己什麼都不做，可以輕輕鬆鬆地上班。機靈鬼應該不是我，而是他吧？真的是這樣嗎？

走著走著，我覺得肚子好餓，午餐時間只剩下十三分鐘。雖然我知道組長可能會晚點才進辦公室，但聽了年月大師的一番話之後，我又不敢太晚回去。去吃一碗豆芽湯飯的話，十分鐘應該夠吧？趕快吃完，再跑回去的話，十二點前應該可以進辦公室吧？我邊想邊走，然後在一家熱狗店門口停下了腳步。吃幾根熱狗就相當於一頓飯了，可能比吃湯飯更快。我打算買三支，坐在店裡吃兩支，剩下的一支邊走邊吃。想到這裡，心情又突然變好了。我拉開熱狗店的玻璃門，快速喊道：

「我要一個馬鈴薯、一個切達起司和一個地瓜起司口味。」

接著，終於等到那句我最想聽到的話：

「三支都要滾糖嗎？」

我用力點了點頭：

「嗯，越多越好。」

新產品的味道

二〇一七年七月三十一日

為了日後有機會轉職，我註冊了求職網站。如果想在該網站看到其他人寫的評論，就必須先寫出自己現任公司的評論。Give and Take。世上沒有免費的午餐，想要獲得資訊，就必須先提供資訊。

我將「我們公司的優點」這一欄空著，思考了大半天，已經寫滿缺點，所以良心上總要寫一、兩個優點。啊……太難了，真是一個難題，難題……讓我想一想……啊……為什麼想不出來呢？至少會有一個優點吧……對了！好不容易想到一個。

免費提供零食

當我按下進入下一階段的按鍵時，畫面上彈出了「至少輸入十字以上」

的提示框。

免費提供零食（吃到飽）

瑪龍製菓的最大優點是零食無限供應。每個小組的圓桌上、每個人的辦公桌底下、儲物櫃、辦公室一側的牆邊和人來人往的走道……到處都可以看到裝零食的箱子。我寫的優點毫不誇張，公司真的到處都是零食。

大家把收尾的工作丟給我下班走人後，過了十五分鐘左右，我開始想往嘴裡塞東西了。其實晚飯吃得很飽，肚子一點也不餓……沒錯，這就是昨天在網路新聞上看到的壓力性假餓。明知道是假餓，但還是想吃東西，我於是環視了一下四周，但周圍都是白天吃膩了的零食。公司的這些零食雖然好吃，但都不是新鮮的口味了。那一瞬間，我突然很想回家，回到已經住了兩個多月的新家。家裡有舒適溫馨的臥室，我好想打開空調，開啟除濕功能，蓋上新買的套著亞麻被套的被子，躺在軟硬適中的床上。我目不轉睛地盯著螢幕上的企劃案標題，每年這個時候，冰品組都會舉辦大型暑期促銷活動，我這組也會趁機跟著參與。反正主角是冰品組……況且，我連假期也沒有……這個合作舉辦活動的企劃是兩年前我提出來的，雖然稍稍提升了我這組的銷售額，但最後我得到的評分還是「普通」……既然這樣，我有必要努力工作嗎？想到這裡，我突然感到頭痛欲裂。也許是因為那天中午去算命的關係，最近我開始很賣命地工作。

我在B03群組裡傳了訊息。恩祥姊和智頌很有可能也在加班。因為是月底，財務部一定很忙。

—還有人在公司嗎？

智頌回覆：

—我們剛吃完飯，正往公司回去呢。

—我一個人好無聊，妳們到三樓來一下。

沒過幾分鐘，恩祥姊和智頌拍著填飽了的肚子朝我這組的位置走了過來。恩祥姊手裡拿著一小盒零食。

「妳吃過這個嗎？我們那樓都沒有。」

恩祥姊手裡拿著的正是前不久隔壁餅乾組推出的新產品。

「沒有，我也是剛看到實物。妳在哪裡拿的？」

「三樓到處都是，妳腳下不也有！」

我大吃一驚，探頭看了一眼左側隔板底下，新產品的箱子果真擺在那裡。智頌蹲下身，一邊舔著嘴，一邊拿出幾盒不同顏色的餅乾。紅色、綠色、黃色，口味各不相同。智頌看著包裝紙，喃喃地說：

「辣火雞、海苔、蜂蜜花生。」

她打開辣火雞口味的餅乾盒，取出裡面的包裝袋撕開，拿出一塊餅乾仔細觀察了半天。長條狀的餅乾有兩根手指併在一起那麼大，表面光澤略顯深褐色。因為是辣火雞口味，散發著一股辣香味。但重點是，餅乾光澤的表面還包了一層海苔。

恩祥姊撕開包裝，把餅乾送進嘴裡，隨即發出餅乾碎掉時的清脆響聲。

恩祥姊瞪大雙眼說：

「好吃！」

說完又把另一半也送進了嘴裡。

「這根本就是下酒菜啊！」

聽她這麼說，我和智頌也趕快吃一口。

嘎吱。

「真的是下酒菜！」

嘎吱。

「沒錯，是下酒菜！」

我們都覺得這次推出的新產品非常好吃，而且達成了共識，認為這款零食很適合搭配酒類，特別是啤酒。智頌含糊其辭地說：

「豆芽湯飯旁邊新開了一間生啤酒店……」

「之前餃子館的地方？」

「前幾天不是還在裝修，已經開業了？」

「嗯，開業了。聽說艾爾啤酒很好喝。」

智頌又補充一句：

「外帶的話，還有七折優惠。」

之後是誰說了什麼、誰製造了氣氛，又是誰慫恿大家做出決定，我記不清楚了。等我回過神時，我們已經拎著前年公司成立紀念日時收到的印有公司標誌的環保袋，朝著那間新開業的生啤酒店走去。我們買了三瓶一公升的艾爾啤酒，環保袋都被塞滿了，心裡非常踏實。

因為大家還有各自要處理的工作，所以我們回到公司找了一間小會議室。平時我們也經常像這樣找一間空的會議室，聚在一起加班。但今天情況很特別，因為今天我們多了很重、很充實的環保袋。我們先把環保袋放進茶水間的冷凍庫，然後將各自的馬克杯和隨行杯洗乾淨，最後先取出兩瓶啤酒走進小會議室。

我們各自拿來筆電，把電源插在同一個電線插座上，圍坐在正四方形的會議桌前。恩祥姊從筆電包前面的口袋裡接連抽出幾包奶油魷魚絲，包裝袋好像都連在一起似的。恩祥姊見我張大了嘴巴，害羞地說：

「都是之前賣剩下的。」

她又看了看包裝袋背後的日期，補充了一句：

「再幾天就過期了。」

我們在馬克杯和隨行杯裡倒滿啤酒，交替吃著新出的餅乾和奶油魷魚絲。儘管我們都知道這樣聚在一起工作效率很低，但還是經常聚在一起。獨自工作時發出的嘆息，只會消散在空氣中，但是聚在一起的時候，如果我長嘆一口氣，便會有人反應，問：「怎麼了？」既然有人問起，我就會說為什麼現在要加班、在清理誰留下的爛攤子、哪家客戶又仗勢欺人提出無理的要求……這樣一來，我就會聽到我最想聽到的話——恩祥姊和智頌會立刻針對這些有前科的人破口大罵。我們不會對彼此的嘆息、自言自語或愁眉苦臉視而不見，凡事都會發表意見，參與其中。像這樣你一言我一語，肯定會降低工作效率，但也能舒緩壓力，回到家之後就睡得著覺。沒過多久，我的筆電鍵盤上就佈滿了餅乾屑和奶油的油漬。我拿起鍵盤倒過來抖一抖，環顧四周尋找紙巾時，看到恩祥姊一邊喝著啤酒一邊看手機。雖然我的位置看不到她的手機畫面，但我知道她在看每天至少會確認幾百次的BITGO曲線圖。恩祥姊故作淡定地放下手機，突然問：

「下個月，我們一起去濟州島如何？」

「這麼突然？」

「嗯，剛好放暑假。下個月中旬，選好日子一起去，怎麼樣？去濟州島兜風、游泳、享受美食。」

「我暑假要去臺灣見偉霖，如果排不開日期的話，就不能去濟州島了。」

恩祥姊立刻皺起眉頭說：

「你們還沒分手？」

接著又說：

「妳到底是怎麼想的啊？」

「什麼？」

恩祥姊又說：

「妳看……像我和多海都沒有計畫結婚，但是該怎麼說妳呢……想法滿特別的。妳不是很想結婚，然後生三個小孩嗎？人生的最大夢想不是當賢妻良母嗎？結婚生子都應該趁年輕，可是妳已經錯過了最好的時機。等那個臺灣大男孩畢業，然後存錢結婚，要等到何年何月？就算你們結婚了，到時候要住在哪裡？首爾？臺北？再說了，妳對他很了解嗎？你們單獨相處有超過一個月嗎？先不說長遠的計畫，短期的計畫妳有嗎？妳跟外國人遠距離戀愛我沒意見，但這和妳嘴上說的夢想也太背道而馳了吧。妳必須二選一。」

智頌的眼睛轉了一圈，凝視著恩祥姊說：

「妳覺得我太依賴他嗎？」

「嗯。」

智頌仰頭哈哈大笑起來。

「我才沒有！我和偉霖交往只是為了享受戀愛的感覺，結婚肯定是要找各方面都穩定的人。」

智頌的話聽起來一點說服力也沒有。在我看來，她現在就像一個情竇初開的少女，徹底被那個臺灣人迷住了。單單從她說出那個男生的名字時，雙眼閃爍的光芒就可以肯定這一點。但智頌反駁說：

「那妳呢？妳的計畫很了不起嗎？為了那個了不起的計畫，把東俊送進牙科大學，現在幸福了嗎？」

東俊是恩祥姊的前男友，他們同年，從二十一歲開始交往。我最初認識恩祥姊的時候，他正在準備第四次化學中學教甄考試。那時候，恩祥姊花了幾個月的時間勸說他，既然已經失敗這麼多次，不如早點承認自己沒有這方面的才能，認真考慮這條路是否適合自己。

恩祥姊的邏輯是這樣的，既然筆試已經失敗三次，連面試的機會都沒有，那不如從長計議。每個人都有適合自己的天賦和專業，只能說教師甄試不適合他。況且，如今教師也不是安穩的好職業了，隨著少子化時代的來臨，教師選拔名額也在縮減。事實上，除了國文、英文、數學，像化學這種科目，就算通過了考試，也要等好幾年才會有教師名額。二十幾歲的青春浪費在這裡值得嗎？恩祥姊勸東俊再考慮一下，她的話的確很有道理。

恩祥姊提出的備選方案是醫學教育資格考試。在恩祥姊看來，東俊不是腦子笨，只是不適合教甄考試。她堅持不懈地勸導東俊去挑戰醫學教育資格考試，說不定以他的頭腦可以輕鬆通過，而且只需要準備一年。恩祥姊還說，如果自己念的是理科早就去挑戰了。就這樣，在恩祥姊詳細的市場分析和指導下，沒有主見的東俊去挑戰了醫學教育資格考試，並且意外地通過了，隨後進入位於慶尚北道的牙科專業大學。入學那一年，東俊劈腿同班女同學，結束了與恩祥姊長達六年的感情。每次提起東俊，恩祥姊都會這麼說，今天也沒有例外：

「他要是有點良心就應該付我指導費。最近幫別人諮商一個小時都要好幾百萬呢，他這個背信棄義的傢伙。」

智頌托著下巴，斜眼仰視著坐在斜對面的恩祥姊說：

「嘴巴上說不想談戀愛，我看妳最近也很寂寞吧？」

「一點都不寂寞。怎樣？」

「妳是不是羨慕我跟小鮮肉談戀愛，所以才在雞蛋裡挑骨頭啊？」

「我一點都不羨慕。」

恩祥姊一本正經地補充說：

「再說了，那種弱不禁風的小男生才不是我的菜呢。」

「什麼？真是的。」

智頌接著點開手機相薄，快速滑動畫面，選了一張照片，放大後拿給我們看。那是一張她和男朋友在海邊相擁的照片，兩個人的衝浪衣都脫到腰間，露出上半身。年輕男女結實的身材背後襯托著如畫般的椰子樹和翡翠綠的大海，他們看上去就像泳裝模特兒一般。智頌伸直手臂，把手機遞到恩祥姊面前，自信滿滿地說：

「妳看看，這是弱不禁風的身材嗎？」

恩祥姊用拇指與食指輕輕托住下巴，仔細看了一眼。

「哇，這身材比想像中好多了！」

「是吧？」

「嗯！」

她們就像剛才沒有挑釁彼此似的，抓著對方的手十指緊扣哈哈笑了起來。恩祥姊和智頌都喜歡喝酒，但是酒量很差，每次醉到一定程度的時候就會像今天這樣互相挑釁、無事生非，然後又會在下一秒突然轉變氣氛，拍手哈哈大笑。我心想，這兩人都醉了，那麼剩下的啤酒就都是我的了。

就在這時，會議室的門突然打開。智頌所屬部門的組長一手握著門把，上半身探進會議室，我們都嚇了一跳。

「嚇我一大跳。我看燈開著，想說進來關燈……」

我們三人驚慌失措，但還是異口同聲地打了招呼：

「您好。」

「還沒下班嗎？妳們……聚在一起加班？」

「對。」

組長用詫異的眼神看著我們，搖了搖頭說：

「妳們三個人……很熟嗎？」

我們點點頭，但他遲疑了一下，又說：

「多海跟妳們也很熟啊？嗯……好意外，妳們是怎麼認識的？」

「我們是同一天進公司的。」

組長緩緩地掃視我們每一個人，沒有收起懷疑的眼神。

「同一天進公司……哦，原來如此……不錯喔。別太累了，早點回家啊。」

「知道了。」

組長伸出食指指向某處，問：

「那是什麼？」

不用看也知道他指的是那個剩下五分之一艾爾啤酒的寶特瓶。瞬間，我的頭皮冒出冷汗。

「啊，這個嗎？」

智頌像是要說祝酒詞一樣，高舉起插著不鏽鋼吸管的隨行杯，淡定地直視著組長的眼睛說：

「蘋果汁。」

我和恩祥姊不約而同地看向彼此，目光相會的瞬間，我們都快笑出來了。我看到恩祥姊的鼻孔微微抖動後，立刻用門牙輕輕咬住舌頭，把視線轉向了虛空。

「啊，原來是蘋果汁。看到妳們相處得這麼融洽，真好，大家加油喔！」

組長露出特有的笑容，晃動了一下緊握的拳頭，隨即關上了門。

我們屏氣斂息，維持了十秒鐘左右的安靜，接著同時放聲大笑出來。我們趴在桌子上，笑得肩膀直抖，少許的醉意讓我們更加難以控制自己。笑聲停止後，如果有人又突然笑了，其他人便會隨聲附和，我們好似輪唱般久久未能平靜下來。笑了好一陣子之後，恩祥姊突然伸手揮舞兩下，終止了笑聲，接著突然把手指放在唇間「噓」了一聲。逐漸變大的腳步聲從門外傳了過來……就在我們心驚膽戰的瞬間，又有人猛地打開會議室的門。我們三人下意識地抬頭看向門口。

「各位，那個。」

還是剛才那位會計組的組長。

「走的時候記得關燈啊。」

他指著貼在電燈開關上褪了色的紅色貼紙，囑咐道：

「節約能源，知道吧？」

智頌活力滿滿地回答說：

「當然，您路上小心。」

門又關上，組長的腳步聲越來越遠，直到再也聽不見時，我們再次哄堂大笑起來。不停乾咳的智頌趕快用吸管吸了一口跟蘋果汁顏色相同的啤酒，恩祥姊的椅子向後傾斜了約四十五度，她仰望著天花板，用小指擦拭著眼角的淚。我看著眼前微不足道且滑稽可笑的場面，心想，一定要像拍照一樣將這一刻留在心裡。當下的感覺很奇妙，彷彿未來的自己正在俯瞰過去。雖然不知道未來會怎樣，但可以肯定的是，如果有一天我離開這家公司，再次想起公司時，我會非常懷念這一刻。雖然此時我置身於此，卻開始懷念起了這一瞬間。

最後登機廣播

二〇一七年八月二十九日

我比約定的時間提早抵達金浦機場，原本還以為我會是最早到達的人，沒想到恩祥姊比我更早。恩祥姊一身打扮有別於平時，腳踩一雙帶釦的平底拖鞋，搭配白短褲和寬鬆的T恤，臉上戴著遮住半張臉的飛行員太陽眼鏡，跨坐在機場自助報到機前的行李箱上滑著手機，所以她根本沒有看到我。我大喊一聲：「恩祥姊！」她才一邊把太陽眼鏡推到頭頂，一邊抬起了頭。恩祥姊看到我的時候，露出了如晴天般燦爛的微笑，那笑容似乎蘊含了很多含義。我們每天只會在公司看到彼此身穿正裝端莊的樣子，現在卻在機場看到了各自最自然、最隨意的模樣。雖然略有尷尬，但還是高興不已。

恩祥姊握著胯下的行李箱把手站了起來，光滑的把手、隱隱泛光的銀色表面與看起來非常堅固的圓形稜角……那應該是RIMOWA的經典款行李箱。從遠處看時，我還不太敢肯定。即使刻意不去看它，它散發出的「氣勢」還是凸顯出強烈的存在感，那是只有名品才擁有的不花俏的寂靜美感。真的是經典款嗎？我努力不去在意這件事，但與我的意志相反，視線還是看向了正品商標。我拖著的行李箱也是銀色的，但只是模仿RIMOWA的行李箱。至今為止，我見過的大部分銀色行李箱都是模仿RIMOWA的而已，第一次見到正品的當下，我不禁下意識地低下了頭，心想，正品就是不一樣，恩祥姊確實賺了很多錢！

雖然中途發生很多小插曲，最後我們還是決定去濟州島了。這都多虧了恩祥姊果斷的提議。那天，我們從小會議室一起下班的路上，恩祥姊提議說：

「多海，如果妳出機票錢的話，住宿和其他費用都由我來。」

智頌瞪圓了眼睛，問：

「那我呢？」

恩祥姊伸長手臂，摟住智頌的肩膀說：

「智頌只要人來就好了。」

「真的？」

「當然！」

智頌難掩滿臉的笑意，但還是強忍著降下嘴角說：

「可是……就這麼跟妳們去，多不好意思啊，還是讓我也做點什麼吧。」

「不用，妳就跟我們一起去，大家痛痛快快地玩一玩。我們三人一次也沒出去玩過，整天戴著這條狗鏈子見面。」

恩祥姊揪住掛在脖子上的員工證，用力搖晃了兩下，那架勢像是要把繩子給拽斷了。「怎麼還掛著這東西！」一股無名火湧上心頭，恩祥姊把繩子拉過頭頂，摘下了員工證，接著把髒到近似灰色的繩子拉直，纏在長方形的員工證上。員工證上印著的照片是恩祥姊進公司時提交的照片，公司的內聯網和Messenger上也都是相同的照片。我們公司絕不會幫員工更換照片，除非辭職後又回來，否則最初提交的照片就會跟隨自己一輩子。正因為這樣，很多時候使用Messenger跟其他部門的人溝通業務之後，實際碰面時都會認不出對方。很多人就像約好似的一起發胖，而且人們通常都會在履歷表上放比本人更好看的照片，所以見面時就更不容易認出彼此了。然而有些人並不是單純體重暴增，或者臉部輪廓走樣，而是有某種難以言喻的不同，存在於本人和照片之間。這種差距該稱為什麼呢？這種空虛感完完整整地呈現在每個人的臉上，無論是稍稍變胖的我，胖了很多的尹科長，還是體重穩定、只是單純老化的組長，以及總是一臉笑意的會計組組長。我們每個人臉上都留下了某種我們不曾意識到的，過去曾經擁有過、但如今早已悄然流逝的痕跡。我們都擁有著一張只能靠薪水過活的臉。

那時的恩祥姊會如何想像五年後自己的樣子呢？每當她將繩子在員工證上纏一圈的時候，員工證上的照片裡流露著尷尬笑容、稚嫩的臉就會由下至上被繩子一道道遮住，彷彿不知道自己的命運、睜著眼睛死掉的木乃伊一般，脖子、下巴、嘴唇、人中、鼻子、雙眼和額頭，就這樣依序被繩子緊緊纏住。恩祥姊把繩子末端塞進縫隙之間，最後把員工證丟進了包裡。她向我擠眉弄眼了一下，然後像在說祕密一般，低聲對智頌說：

「妳不用擔心旅費，這段時間我們只是沒有講……妳的兩個姊姊賺了不少錢喔，我們算是小小的有錢人了。」

有錢人？我是有錢人嗎？聽到這個過於生疏的詞彙，我瞬間愣住了。但仔細想想，又覺得恩祥姊說的沒錯。我的虛擬錢包總額差不多有四千萬韓圓了，進入虛擬貨幣的世界之前，我從未有過這麼多錢。不過，可以說我確實擁有那筆錢嗎？那些錢真的都是我的嗎？這些疑問從我腦海中閃過……但很快地我便有了答案。是的，那都是我的錢！不然會是誰的呢？……我突然想到如果我有四千萬韓圓的話，那恩祥姊呢？……雖然我腦袋裡沒有計算機，但還是快速算了一下……如果計算無誤……恩祥姊的錢包裡少說也有……差不多四億韓圓。天啊！雖然不知道我算不算有錢人，但可以肯定的是，恩祥姊，我們的江將軍確實變成了有錢人。

購買這次去濟州島的機票之前，我從未把虛擬錢包裡的錢兌換成現金過，裡面的錢一分也沒有動過。我每個月照舊領取相同的薪水，然後在計畫範圍內消費。事實上，我可以使用的資源並沒有增加，但還是覺得生活變富裕了。這是因為幾千萬韓圓的數字存在於我的手機裡，用恩祥姊的話講，真的會有種變成「小小的有錢人」的感覺。雖然那只是虛擬錢包裡的錢，但給我的感覺就跟銀行帳戶裡的餘額一樣。發生緊急狀況時，可以使用四百萬韓圓和四千萬韓圓的心態是不同的。這一點影響了我的生活。

我仍住在單人套房，但擁有獨立的臥室，而且是押金兩千萬韓圓、每個月租金比之前多出十五萬韓圓的房子。如果在房子到期面臨續約的三個月之前，我沒有投資以太坊的話，也就是說，如果銀行餘額累積的速度跟五年前毫無差異的話，我不可能下定決心拿出這筆錢搬家。如今我可以不假思索地在超市的水果區購買高甜度的哈密瓜，也可以在普通洗碗精與高檔洗碗精之間直接選擇後者，再也不用計較價格的最後兩位數，我甚至還開始喝起了有機牧場的牛奶。之前，我都是買當天最便宜的牛奶，有時候還會選擇在行銷上存在道德問題廠商的產品。從事食品行業，我比任何人都清楚那些傳聞的真相。該怎麼講呢？選擇廉價產品已經成為我的基本消費模式，這就好比已經寫好的程式一樣。但我現在不會這樣了。初次品嚐的有機牛奶味道當然很好，而且選擇它讓我覺得自己成了健康的市民。當我拿起那印著雖不華麗、卻很時尚的商標的牛奶，緩緩地放進購物籃的時候，腦海中浮現出不道德公司的老闆承擔行銷不妥的責任，從王位退下後，銬上手銬走進監獄的畫面，並且看到了自由馳騁在寬廣草原上的奶牛和戴著草帽的善良農夫臉上的汗水與微笑。

自從把定期存款拿來投資以太坊以後，我便沒有再投入定存了。之前因為設定好了固定金額，每個月都會從月薪中自動轉帳到定期存款的戶頭。正因為這樣，每逢月底我就會過得非常拮据，發薪日的前三、四天連一杯咖啡和一個麵包都要忍下不買。但現在即使是相同的薪水，因為少了定存，可以使用的現金變多了，感覺上也更富裕了。有時候，就算花光整個月的薪水也不會坐立不安。如果每個月有剩下的生活費，我通常都會拿去購買以太坊。

我甚至還生平第一次給獨自生活在牙山市的母親匯了一筆可以稱之為零用錢的金額。在這個過程中，我才得知駕駛了十二年市內唯一一輛九號環線小巴的母親，正因右腿上了石膏在家中休養。原來這就是不久前，我說想要回老家探望她時，她極力反對的理由。母親說，她在去市場的下坡路上不小心踩空滾了下去，右髖關節和腳踝骨骨折了。

我從未想過母親有一天會不再駕駛那輛小巴。說是小巴，其實就是一輛引擎蓋和車門上貼有小巴貼紙的象牙色休旅車。唯一的一輛環線小巴。雖然每小時只有一班，但在這條唯一的路線上，每天一圈圈駕駛那輛車的司機只有母親一人。走在路上遇到小巴時，都能看到母親。即使沒有站牌，附近的居民都知道小巴會在哪裡停靠，只要招手或是用眼神打招呼就可以上車；就算不按下車鈴，只要說想在哪裡下車，母親就會在那裡停下來。正因為這樣，我才會覺得那輛車是屬於母親的。

「那現在誰在開那輛車啊？」

我這樣問的時候，電話另一頭的母親若無其事地回答：

「總會有人開的。」

那麼等妳痊癒之後，他們會把車還給妳嗎？雖然很想這樣問，卻未能問出口。假如母親不能再開那輛車了，也就是說，母親失去工作、再也沒有薪水的話……我不忍心思考接下來的事，所以沒再多問。母親療傷期間，我決定匯給她生活費和醫藥費。之前母親常說，她從沒為我做過什麼，所以不能拿我的錢。就算我想寄給她一些中醫補藥，她也堅持不收，要我把錢用在自己身上，但這次她默默地收下了錢。如果我沒有投資虛擬貨幣的話，那我就只有一千多萬韓圓的存款和更多的負債……想到這裡，不禁教人膽戰心驚。

不久前，我第一次將虛擬錢包裡的虛擬貨幣換成了現金。三十八個幣換成韓圓後，一千五百萬韓圓左右的現金直接匯入了我的銀行戶頭。我用那筆錢提前償還了助學貸款。

【友飛銀行】

韓國獎學財團—二〇△△，第一學期本金（含利息）繳付日期8月9日，友飛銀行。

【友飛銀行】

韓國獎學財團—二〇△△，第二學期本金（含利息）繳付日期8月10

日，友飛銀行。

【友飛銀行】

韓國獎學財團—二〇△△，第一學期本金（含利息）繳付日期8月11日，友飛銀行。

【友飛銀行】

韓國獎學財團—二〇△△，第二學期本金（含利息）繳付日期8月12日，友飛銀行。

每個月收到四次這種簡訊的時候，我就會四次想起自己還有債務，與每個月償還的金額相比，我已經忘了自己還有多少債務。當我茫然地把所有貸款一次還清時，不禁思考起這樣活著到底是為了什麼。每個月催促還債的簡訊停止了，一直背負的重擔消失了，莫名讓人覺得彷彿按下了退出鍵一樣。但這並不是空虛或負罪感，而是很慶幸有人教會了我使用退出鍵。

助學貸款餘額（學費＋生活費）
總金額：０圓
總貸款金額：2*,***,000
貸款餘額：０圓
償還率：100%

我盯著「０」這個數字看了半天。

０

這個圓圈就像進入新世界的門，緊鎖的大門發出嘈雜的響聲後，徹底打開了，我以輕鬆的腳步跨了進去。這不是比喻，而是真的覺得身體變輕盈了。我不由自主地想到那些出生便以這樣的心情和輕鬆的步伐生活著的人們。他們的人生是怎樣的呢？對我而言，那樣的人生太朦朧、太遙遠了。我還清所有助學貸款之後，又給母親匯了這個月的生活費和醫藥費，然後用剩下的錢訂了我們三人去濟州島的來回機票。一切結束之後，心裡才湧上這是我的錢的感覺，大把鈔票攥在手裡的感覺如此真實。對我而言，這次的濟州島之旅成了證明這一切的儀式。

我訂機票，恩祥姊負擔住宿和其他費用，智頌覺得不好意思，堅持也要做些什麼。

「那我來訂回程的機票吧？」

智頌問，我回答說：

「不用，沒關係的。那妳幫忙租車好了。」

智頌這才開心地笑了。

「好啊，那我來租車，租一輛敞篷車！」

然而，租了敞篷車的智頌卻險些沒有坐上那輛敞篷車。與此同時，恩祥姊的腦袋也氣得快要炸開了。因為眼看就要到出發的時間，智頌卻沒有出現。

距離出發三十分鐘前，我給智頌打了電話，她接起電話哭著說，本來算好時間先搭地鐵一號快線到鷺梁津站，然後換乘九號線，最後再換乘機場快線，但因為錯過了地鐵一號快線，後面的計畫徹底被打亂了。雖然我不理解為什麼她要以地鐵快線的時間來做計畫，但此時最心煩的人應該是她本人，所以我冷靜地安慰她，並要她盡快趕來。在一旁聽我和智頌講電話的恩祥姊長嘆一口氣。掛斷電話後，我每隔五分鐘傳一次簡訊給她，確認位置，但過了某個時間點之後，簡訊便再也沒有顯示已讀了。當然，也沒有任何回覆。不知不覺間，距離出發只剩下十分鐘了。

我們成了站在登機口前面最後的乘客。緊鎖眉頭的恩祥姊連連嘆氣，用手機查看下一班飛機的出發時間。這時，機場響起了登機廣播。

「韓亞航空最後登機廣播。十三時五分飛往濟州島的金、智、頌乘客，金、智、頌乘客，飛機即將起飛，請您儘速到二十一號登機口，二十一號登機口登機。韓亞航空最後登機廣播……」

假設智頌現在到了機場，辦理登機手續再趕到登機口也需要一段時間。說實話，我和恩祥姊已經處於半放棄的狀態了，因為到現在智頌也沒回訊。我猜她正忙著趕路，根本沒有時間回覆。

我和恩祥姊擔心錯過航班，只好先上了飛機。現在正值暑期旺季，恩祥姊查了濟州島的機票，全部都售罄了。這樣的話，明天智頌能趕來嗎？我們的心情糟糕透了。

「真是的……」

默不作聲的恩祥姊突然打開了話匣子。因為在機內，她沒有像平時那樣提高嗓門，而是用介於低聲細語和亢奮高喊之間的怪腔調說：

「仔細想想，智頌那個人一直都是這樣。上次我們說好一起去看午夜場電影的時候也是，去年用公司送的票去看音樂劇時也是，她沒有一次不遲到的。」

恩祥姊一邊搖頭，一邊不停地喃喃自語。

「我真的……不理解。這種日子就不能提早出門嗎？她憑什麼相信自己一定能趕上快線啊？再說了，一號快線也不常有，一個小時只有兩、三班！她又不是不知道！她哪來的自信能準時搭上地鐵？她沒想過萬一計畫落空，接下來該怎麼辦嗎？我真是不理解。」

恩祥姊的話冷漠無情，卻字字在理。老實說，我和恩祥姊的想法一樣，所以也默默地點了點頭。還沒來得及感受初次旅行的那份激動，就因為智頌遲到而搞砸了心情。然而就在這時，遠處傳來了微弱、急促的呼吸聲。

遠遠的通道盡頭，我們隱約看到身穿花紋洋裝裙襬搖搖的智頌。她平安趕來了，而且沒有錯過航班。我們還沒來得及鬆一口氣，又被她嚇一大跳。

天啊，智頌竟然戴著一頂超大帽簷的遮陽草帽。恩祥姊難以置信地眨著眼睛說：

「她是要跟我們去蜜月旅行嗎？」

智頌拖著登機箱哐噹哐噹跑上飛機，走進機艙的瞬間，草帽「嗖」的一下往後翻了過去，幸好她把草帽兩邊的象牙色蕾絲帶子綁在了下巴下面，草帽才沒有掉到地上。就這樣，智頌下巴底下繫著巨大蝴蝶結，背後像揹了一個烏龜殼般慢悠悠地走了過來。她一手拖著亮粉色的登機箱，另一手舉到肩膀的高度做出「耶」的手勢，自信滿滿地晃了晃。

啪……啪……啪……啪啪啪啪……

不知道為什麼，機艙內的乘客一起鼓起了掌，後頭還傳來只有在棒球場上才能聽到的歡呼聲——Safe！在這種鼓勵最後一名乘客的氣氛下，我也下意識地跟著拍起了手，心想，好吧，不管怎樣她趕上飛機了。我看向身邊的恩祥姊，她也無奈地跟著緩慢地拍了幾下手。

智頌放好行李，從我們的膝蓋與前一排座位的椅背之間橫步走到自己的座位，坐下後說：

「沒想到地鐵這麼慢來。對不起。」

「有什麼好對不起的？我們只是擔心妳錯過航班。趕上了就好，辛苦了，做得好。」

面對恩祥姊與剛才截然不同的態度，我略感驚訝。智頌摘下草帽，捲在手裡，用巨大的帽簷對著自己脹紅的臉搧了起來，氣喘吁吁的同時嘿嘿地笑了笑。

無邊際

二〇一七年八月二十九日

走出機場航廈大樓，椰子樹映入眼簾，那巨大的、異國風情的樹葉激起了休假時才會有的激動心情。緊接著，一股熱氣撲面而來。我不討厭那股熱氣，我閉上眼睛，做了一個深呼吸。就在我盡情享受休假感覺的時候——

背後突然傳來「撲通」一聲和慘叫聲。我嚇得立刻看向聲音傳來的方向，只見智頌雙手撐地摔倒了，疑似從智頌登機箱上脫落的輪子在周圍滾來滾去。我和恩祥姊不約而同地大喊道：

「妳沒事吧？」

恩祥姊丟下自己的行李，朝坐在地上的智頌跑了過去，我只好一手拉著恩祥姊的行李箱，一手拖著自己的行李箱朝她們走過去。就在我邁出第一步的瞬間，立刻感受到「經典款」和「仿製款」的差異。恩祥姊的行李箱如同花式滑冰選手在冰場上一般，柔美優雅地滑動。輪子可以三百六十度旋轉，只要稍稍往想去的方向用力，行李箱便會立刻朝那個方向滑動，一點也察覺不到阻力。恩祥姊的行李箱就像逆重力的冰塊放在冰面上一樣，無法具體說是哪裡，只能說整體都非常堅固，移動時十分平順。與之相反，我的行李箱輪子只能前後滾動，每次調轉方向時都會發出哐噹哐噹的響聲，而且拖著行李箱的手腕也會覺得很有負擔。

正當我感嘆經典款行李箱的做工實在精緻時，智頌緩慢地站了起來，抖了抖裙襬，掀起來看了一眼受傷的地方。智頌的膝蓋正中央鼓起了一個圓圓的包。

「沒出血，但超痛，我還以為出血了呢……」

「唉，真是萬幸。」

恩祥姊和智頌確認傷口的時候，我撿起滾落在地上的輪子，一共四個，行李箱上的輪子全都掉下來了。她是怎麼摔的，竟然把四個輪子同時摔下來？這合理嗎？不然就是輪子先掉下來，之後她才摔倒的？先後順序到底是怎樣呢？然後我轉念一想，計較這些又有什麼意義？無論因果關係如何，這兩件事已經同時發生了。我走到癱坐在地的智頌和蹲在她面前的恩祥姊身旁，兩手各攥著兩個輪子攤在她們面前，問：

「這還能裝回去嗎？」

話音剛落，我便意識到這是不可能的事了，因為行李箱底下與輪子連接的部分徹底摔壞了。恩祥姊似乎也看到了，我們四目相對，皺著眉頭搖了搖頭。智頌以沮喪無力的聲音說：

「看來要買一個新的了，眼下只能拎著它走了。」

「妳手腕細得跟筷子似的，怎麼拎著它到處走啊？」

恩祥姊說自己的行李箱還有空間，可以把智頌的東西放進去，如果裝不下的話，再把剩餘的東西放到我的行李箱。恩祥姊把經典款行李箱拉到面前，她的所有動作彷彿都發出了沙沙的響聲——把行李箱拉到面前的時候、把行李箱放倒在地的時候、上下轉動密碼鎖的時候、對準密碼後打開兩側釦鎖並掀開行李箱的時候，這一系列的動作彷彿都發出了沙沙的響聲。所有動作如此流暢、優雅。那沙沙聲是動作俐落的聲音、是毫無顧忌的聲音、是自然的聲音，它意味著不費力就能自然而然地完成，只要存在意志就能行如流水。看到眼前的一切，我隱約明白了生活需要什麼。

拉鍊將行李箱分成兩半，內部劃分暨乾淨又平整。一側更深一些，為了不讓東西混在一起，內側還設有分隔線，上面的釦環可以固定住內容物。裡面的設計如此乾淨整齊，光是看著那講究的細節就讓人心情愉悅。

我們蹲下來，打開兩個行李箱，開始分裝智頌的行李。路過的行人紛紛瞥向我們，這似乎讓智頌感到很不好意思。恩祥姊看到她尷尬的表情，一邊把她的衣服裝進行李箱，一邊故意開玩笑地說：

「Sorry 姊啊，您怎麼帶這麼多衣服啊？是來拍海報的嗎？」

恩祥姊邊說邊拿起一個重重的、纏著電線的圓筒形鐵棒。

「妳帶捲髮器來做什麼啊？」

智頌立刻換了一個表情，回了一句說：

「妳可別跟我借用喔。」

「我確實對這東西很好奇，等一下借我用用。」

智頌裝模作樣地笑著說：

「既然您都借我行李箱，那我就借您用一下好了。」

智頌帶了很多衣服，恩祥姊於是把自己的衣服移到淺的一側，把智頌的衣服放在深的一側，並且將衣服一件件捲起來縮小體積，讓兩個人的衣服都放了進去，最後輕鬆地拉上拉鍊。

「該死的行李箱！」

智頌用腳踢了一下清空的行李箱，沒有輪子的行李箱摩擦著地面，發出可憐的沙沙聲。我趕快把那個破爛不堪的行李箱拉回來。

「不能丟在這裡吧，垃圾桶也塞不下啊。」

「先帶走吧，等到達飯店再問問看怎麼處理。」

智頌點了點頭，接過行李箱。雖然行李箱是很華麗的亮粉色，但由於材質是布料的，而且已經磨破了，所以看起來髒兮兮的。智頌拎著空行李箱一搖一晃地走在前面，背後掛著大帽簷的草帽，一側腋下還夾著白拍棒，但她的步伐看上去是那麼的輕盈。

恩祥姊訂了一間位於西歸浦的新型高檔飯店。

我既沒來過這種飯店，也沒想過會來，所以剛到飯店就怯場了。一到門口，就有衣著整潔的員工上前接過我們的行李。恩祥姊辦理入住手續的時候，員工走到我和智頌面前，滿面笑容地說：

「請先到那邊的沙發坐一下吧！為了歡迎各位，我們準備了香檳。」

縮著肩膀的智頌抬起沒有輪子的行李箱，吞吞吐吐地說：

「那個……我想把這個行李箱處理掉……」

「請交給我吧，我來幫您處理。」

員工接過沾滿污漬、髒兮兮的行李箱。看到他轉身離開後，我和智頌交換了無聲的訊號——面對令人惶恐緊張的接待時，不知所措且難掩興奮之情的眼神。隨後，另一位員工推著小型送餐車走了過來。只見裝滿冰塊的透明玻璃容器裡斜放著一個深綠色的瓶子，送餐車的輪子每轉動一圈，玻璃容器裡的冰塊便發出清脆的碰撞聲。送餐車在我們面前停了下來，員工把三個窄杯口、寬杯身的香檳杯放到桌上，接著是從酒瓶抽出軟木塞的輕快響聲，香檳從瓶口倒入杯中時發出的咕嚕咕嚕聲，以及碳酸與空氣相遇時發出如波浪般的聲音，這些聲音融合在一起好似悅耳的音樂。

我握住細長的杯柱，將香檳慢慢地送到嘴邊，清凜的葡萄香氣通過狹窄的杯口撲鼻而來。啊，好清涼。我傾斜杯子，喝了一小口。好涼，好甜。碳酸的小氣泡沿著舌尖、口腔和喉嚨啪啪地破裂開來，隨即既甜又爽口的口感消失了。我又喝一口，再一口……忍不住一下子就咕嘟咕嘟全喝光了。和我一樣一飲而盡的智頌一臉興奮地說：

「大家都好親切，這裡真是太棒了。」

真是如此。這裡太適合用「太」這個副詞了，比我期待的更舒適。雖然還沒看到客房，只是坐在大廳裡喝香檳，但我已經可以確信自己會喜歡這裡的一切，以及在這裡經歷的一切都將超越我的預期。所有的一切都太棒了。與此同時，我也心生擔憂，這麼優質的服務會不會體驗得太早了呢？我是不是都沒考慮自己的經濟狀況，就直接跳過了中間的環節？這樣下去的話，我的標準會不會變得太高？恩祥姊說要預訂住宿，我便也沒有多問，沒想到她會訂這麼高檔的飯店。智頌也和我一樣，看著從高高的天花板到長短不一垂下來的、如同銀河般星光閃閃的吊燈，以及周圍雅緻的大理石裝飾，我們反覆地使用「太」和「棒」這兩個字。

在前往客房的電梯裡，恩祥姊告訴我們這裡是七星級飯店。七星級飯店，我還是第一次聽說。

「七星級飯店？還有這種等級？我以為五星就是最高等級了呢。」

「沒錯，官方等級是到五星，但這裡標榜自己是七星。」

「為什麼？」

恩祥姊摸著手裡的房卡說：

「這個嘛，自己明明弄得比五星更好、更高檔，所以價格更貴。如果同樣標榜五星的話，難以區分高低，因此才自稱七星吧。但老實講，高檔哪有盡頭啊，好還要更好，這世上的好東西可是無窮無盡的。我看未來說不定會有比五星高檔兩倍的飯店，那樣豈不是要變成十星了。如果把更高檔的飯店統稱為五星的話，飯店和消費者恐怕都會覺得委屈吧？」

電梯停在了十樓。恩祥姊就像原本住在這裡一樣熟門熟路，領頭走在最前面，我和智頌像是被什麼迷惑似的緊隨其後。位於頂樓的豪華套房的房門打開，只見窗簾自動拉起，我們的眼前逐漸明亮起來。

我永遠不會忘記那一刻。

那是我從未見過的景觀。

門一開，一整片大玻璃窗進入了眼簾，祖母綠的大海與在陽光下閃閃發光的小水波，彷彿大海被截成了一幅畫掛在房裡。沒有任何妨礙視野的障礙物，似乎有人只挑選出大海最美麗的一部分掛在了房裡。我心想，這裡不應該是五星級，真的是七星級，這種飯店一定要再多加兩顆星。這裡有資格多加兩顆星，而且綽綽有餘。這樣的想法不由自主地湧上了心頭。

我們像跳水般縱身一躍，跳上潔白乾淨的床，被單散發出令人心情愉悅的皂香和沙沙的聲音。甜美的睡意襲來，床好軟、好暖，真想一直把身體埋在被子裡……不知過了多久，恩祥姊說了一句：「這種時候，怎麼能躺著呢？」於是我和智頌又坐起來。我們換上不同顏色的泳衣，披著厚實的毛巾材質的浴袍，沿著豪華套房的專用走廊來到了屋頂的游泳池。

游泳池建在寬敞屋頂的外側，圍欄採用透明玻璃，因此會讓人產生游泳池直接與大海相連的錯覺。蔚藍的大海與萬里無雲的藍天自然地相連，模糊了游泳池與海平線之間的界線。這就是早有耳聞的無邊際游泳池。我脫下浴袍丟在躺椅上，坐在泳池邊，把腳泡進水裡。

如同運動飲料般閃閃泛著藍光的水淹沒了我的小腿，水溫適中，不涼也不溫，令人心情愉悅。這不禁教人猜想，難道是有人經過長期的研究，準確地掌握了適合天氣的水溫嗎？「適當」和「恰到好處」這兩個詞彷彿就是為了這樣的瞬間而存在。坐在泳池邊就可以盡收眼底的無邊際游泳池，顯得更加不現實了。游泳池、大海和天空好似一幅漸層背景圖。沿著我眼前的方向游過去，彷彿可以直通大海。我正坐在那個起始點，泡著雙腿。

我早就見過這種游泳池。在Instagram上，我看到過很多以這種游泳池為背景的美麗照片。每當不經意滑到這種照片時，我都覺得這種場景與我沒有關聯。但是當眼前出現這種場景時，卻也不禁覺得自己早該享受一下這一切了。

然而與此同時，我內心的某個角落又覺得很不舒服。我隱約地知道為什麼，因為越是滿意這間七星級飯店，越會滋生出與現實不符的心態。這就好比破土而出的大樹枝幹越是茂盛，相應的埋藏在土裡的根莖也會變得更粗更長。我擔心住過這間七星級飯店以後，就不會想住一星或二星級的飯店了。但我只是跟隨稍稍變成有錢人的恩祥姊住進這間七星級飯店而已，自己根本沒有能力入住。儘管如此，我還是喜歡上了這種舒適高檔的環境。我該如何是好呢？

我看到遠處把頭髮綁在頭頂的智頌和盤起頭髮的恩祥姊手裡拿著手機，為了不讓手機碰到水，她們高舉手臂小心翼翼地在水裡走來走去。看來她們是打算拍那種我在Instagram上看到的照片。看著恩祥姊和智頌輪流倚在玻璃圍欄上，以游泳池、大海和天空為背景互相拍攝半身照，我不由自主地思考起了無邊際游泳池這個詞。

「無邊際」既是無限的意思，同時也暗指絕不可能抵達的遠方。那是無法抵達、無法觸及的遙遠世界。我只不過是運氣好，才邁了一隻腳進來，但我知道一切不會就此結束。人的欲望是無止境的，做了這件事，就會想做另一件事，做完另一件事，還會有下一件事。不知道為什麼，永無止境的欲望讓我感到很羞愧，心情變得很複雜。這時，遠處傳來恩祥姊的聲音：

「多海！」

身穿豔綠色泳衣的恩祥姊游著蛙式來到我面前，把濕漉漉的手放在我尚未沾到水的膝蓋上，問：

「妳在想什麼呢？」

「沒有，沒想什麼。」

還沒等我說完，恩祥姊就拽了一下我的腳踝。我發出似笑似哭的叫聲，「撲通」一聲掉進了水裡。

啊，好涼爽。

雖然水不深，但一下子淹到了脖子處，被酷暑曬熱的身體瞬間感受到涼意。我游泳追趕掀起浪花逃走的恩祥姊，一直游到泳池的盡頭。我也不由自主地把上半身倚在圍欄上，原來任何人到了這裡都會做出同樣的動作。我倚著圍欄托起下巴，欣賞著洶湧澎湃的海浪。那瞬間，嘈雜的內心漸漸平靜了下來，滿腦子只有美好的念頭。支撐地面的雙腿放鬆以後，身體便自然地漂浮在水面上。不知不覺間，夕陽已經染紅了眼前的風景。

四周變暗以後，出現了一群人，走來走去像是在佈置著什麼。周圍亂糟糟的，只見玻璃牆後方的酒吧亮起了燈，露臺也打開了。泳池一側還擺了一臺形同大砲的機器。恩祥姊見我和智頌不知所措，於是從浴袍的口袋裡拿出六張既窄又細的紙條。恩祥姊搖了搖拿著那六張紙條的手，原來是她事先買好的泳池派對門票。三張門票手環和三張成人認證手環。我們撕掉接口的貼紙，分別戴在左右手腕上。

泳池派對開始了。

我們還身處游泳池裡，卻像是移動到了完全不同的空間。原本排列整齊天藍色瓷磚的游泳池不復存在，鑲嵌在瓷磚之間的照明亮了起來，游泳池的水隨著照明從藍色變成黃色、橙色、粉紅色、深藍色和耀眼的奇異果色，我們就像浸泡在時時刻刻變換著顏色的雞尾酒中。不遠處傳來機器啟動的聲音，我追隨聲音望去，只見那個像大砲一樣的機器射出了泡沫。散發著熱帶水果香氣的肥皂泡沫射向空中，然後如雪花般輕輕落到水面上。人們發出歡快的歡呼聲，ＤＪ不斷變換音樂，我們的身體可以感受到從酒吧連接到游泳池的擴音器的震動。酒吧免費提供冰鎮的香檳、紅酒、生啤酒和各種雞尾酒，露臺的餐桌上擺滿五顏六色的派對點心，其中一個玻璃瓶裡裝滿三顆一串的棉花糖串。放在桌子正中央的燃料爐一直燃燒著小火苗，旁邊的五層巧克力噴泉機則由上至下流淌著液態巧克力。我們拿起棉花糖串，放在小火苗上稍稍加熱後，再拿到噴泉機下旋轉，淋滿巧克力，最後放進嘴裡。暖暖的巧克力和軟綿綿的棉花糖纏繞舌尖，瞬間嘴裡充滿難以置信的香甜。

雖然不記得是誰給的，但當我們回過神來時，所有人的手裡都拿著五顏六色的螢光棒。我們把手裡發光的螢光棒捲成手環，戴在手臂上，還把兩根插進了盤起的頭髮裡。接著跳進雞尾酒色的游泳池，一邊搖晃螢光棒，一邊跳起了舞，跳累了就抱著沙灘球漂在水面上，在肥皂泡之間漂來漂去。後來才知道，到了晚上游泳池的水位會下降，水溫則會稍稍升高。如果還覺得冷的話，就去餐桌前烤些棉花糖，拿著酒杯到酒吧一側的按摩浴池裡暖身。按摩浴池的熱水製造出適當的水壓，既暖和了身體也消除了疲勞。暖和過來之後，我們就像剛來喝酒的人一樣，喝完一杯酒，嘴裡嚼著點心回到游泳池。酒杯空了的智頌說要再倒點酒，於是離開了游泳池。不知道她在心急什麼，沒有走到泳池的扶梯處，而是直接用手撐著泳池邊的地面爬上岸，然後啪啪地踩著地上的積水跑向酒吧，綁在頭頂的髮尾一直往下滴著水。恩祥姊對我說了什麼，但不知是音樂聲太大還是醉了，我什麼也沒聽清楚。我們互相貼著對方的耳朵大喊道：

「多海，妳冷嗎？」

「不冷，怎麼了？」

「妳看起來好像不舒服，要去按摩浴池嗎？」

「不用，我沒事，就是心情怪怪的。」

「怎麼了？」

「妳帶我來這種地方，我很開心。但開心歸開心……卻覺得自己沒有資格享受，我一直在想這件事。有錢人才有資格享受，這話一點也不假。我覺得自己沒有這種資格。說實話……我剛才想起我媽了。」

「妳那種心情，我都懂。」

恩祥姊把手伸到我背後，摟住我的肩膀大笑起來。

「喂，妳以為我沒有想過那些嗎？我爸媽一輩子不要說住飯店了，就連泳衣都沒穿過。」

恩祥姊補充說：

「像我們這種人是不可能的。」

像我們這種人。奇怪的是，當恩祥姊說出這句話時，我既感到心酸又覺得很舒服。這種感覺好比按了一下身上的傷口，覺得痛的同時也感受到某種快感。這種糟糕的心態不是針對別人，而是針對自己，所以才覺得可以被原諒。

恩祥姊像是要給我催眠一樣，用拇指和食指掐著細長的螢光棒中央，在我眼前上下慢慢搖晃了起來。我知道那是錯覺，但螢光棒的兩端看起來就像彎曲了似的。眼前搖晃的螢光棒，突然敲了一下我的額頭。

「臭丫頭！既然都來了，就不要說這種喪氣話。享受，盡情地享受吧。」

舌頭已經打結的恩祥姊突然提高嗓門喊道：

「喂！妳怎麼沒資格了？妳有！無論是誰，都有資格享受好的、更好的。這世上哪有沒有資格享受的人？妳有，我有，我媽有，大家都有。這世上只有好的、更好的、更更好的，我們都心知肚明不是嗎？」

恩祥姊伸出握著螢光棒的手，指向天空，然後在我耳邊小聲說：

「別擔心，我們不是要去那裡嘛！」

亮著黃光的螢光棒末端指向夜空中的月亮。那是一半隱藏在黑暗中，另一半散發著皎潔月光的半圓月。

Golden Wave

二〇一七年八月三十日

隔天我睡了一個懶覺。沒有鬧鐘鈴聲，睡到自然醒的感覺真是久違了。夏日的陽光穿透落地窗和雪紡紗窗簾照進房裡，我故意保留淺淺的睡意躺在床上，慢慢地移動視線，看向溫暖的白色天花板、牆壁和整潔的木紋傢俱。我觀察著照在每一處角落的光線。過了良久，我才察覺到，之所以可以睡到自然醒，是因為那些光線。而且，我第一次體驗到這樣的晨光。從小到大，包括和母親一起生活的家在內，我住過的房子都是朝北或者朝西。雖然現在住的房子朝南，但前面的大樓剛好擋住了窗戶，只能從微妙且特定的角度看到太陽。人們常說「在晨光下睜開眼睛」，其實這種自然睜開眼睛的機會不是人人都能擁有的。

我垂下視線，白得耀眼的被套映入眼簾。被套散發著清新的香氣，好似昨天從飛機上看到的雲朵一般。無論我昨晚在床上怎麼翻來覆去，被子都始終鼓鼓的。我側身以最舒服的姿勢望向熟睡中的恩祥姊和智頌。這間房裡並排擺著三張大床，我躺著望向她們時，她們就像睡在同一張大床上一樣。

我伸手緊緊抱住沙沙作響的被子，擁入懷中的充實感又讓我變得懶洋洋了。每動一下，被子就會發出清脆的聲響。開了一整夜的空調，不僅讓房裡的空氣變涼了，就連被子也變得又涼又脆。懶洋洋的睡意加上柔軟又清涼的觸感，讓我感受到柔和、甜美的同時，也受到了刺激。我有了具體的計畫，以後我也要擁有這種感覺，哪怕是一個人，以後也要住一次這種高檔飯店。我不斷在腦海中回想恩祥姊說的那句話——每個人都有享受的資格。

我翻身面朝天花板，用力伸了一個懶腰，呃呃呃，發出低沉的呻吟聲。我把手伸過頭頂，又伸了一個比剛才更舒展的懶腰，伴隨著更大的呻吟聲，我坐了起來，刻意保留的一絲睡意隨即消散了。恩祥姊和智頌聽到響聲，翻了個身，睜開了眼睛。

「瞧瞧多海姊，一臉睡飽的樣子。」

智頌說的沒錯，我現在覺得好舒服，好放鬆。

我們連臉也沒洗，就直接下樓吃早餐。第一盤歐式，第二盤美式，第三盤韓式，我們每個人清空各自的三盤食物之後，又品嚐了各種甜點。我有生以來首次品嚐到的芒果慕斯蛋糕香甜極了。

我們花了很長時間吃完早餐後，回到房間洗了澡。洗澡的時候，我愣愣地注視著玻璃隔板後面並排掛著的三件五顏六色的泳衣，想起了昨晚的無邊際游泳池，不禁露出了微笑。

正午時分，我們這才換上互相挑選的衣服下樓來到停車場。雖然我們都有駕照，但因為自己沒有車，駕駛技術不熟練，所以決定每天輪流開車。第一天恩祥姊開了車，所以今天輪到我了。當我在導航上輸入地址的時候，坐在後面的恩祥姊說：

「妳們知道嗎？像我們這種人在濟州島經常發生車禍。」

「我們這種人是什麼人？」

「有駕照，但沒有車，駕駛經驗不足的人。到了濟州島以為車少路寬，就無所畏懼租車的人。」

「別說這麼喪氣的話。」

「所以說，妳要打起精神來！」

我聳了聳肩說：

「姊，我可是司機的女兒。」

我和恩祥姊講話的時候，坐在副駕駛座的智頌用手機連接汽車音響，播放了雅瑞安娜．格蘭德的歌。智頌先用假聲領唱一句，然後停了三個拍子後，我們三個人同時一邊高喊，一邊扭動上身擺動起了手臂。因為敞篷車都被人租走了，所以智頌只租到一輛小型車。昨天恩祥姊看到車的時候，驚訝地說：

「濟州島可是一個風很大的地方，萬一遇到強風，這輛車不會翻過去吧？」

恩祥姊說的沒錯，車很小，小到我們三人同時晃動的時候，車身都在搖晃。儘管如此，我們還是很開心。因為知道此時的搖晃不是因為強風，而是因為我們興奮不已的舞動。

開往能觀賞到海景的網紅咖啡店的途中，智頌不停地換著曲目，偶爾也會播放恩祥姊想聽的歌。昨天我們抵達濟州島機場的時候，說好了不聊公司的事情，但聊著聊著還是覺得公司的事情最有趣。智頌為了向我們講解產品企劃部的兩個組長是如何因為行銷預算吵架的，還特意連結ＶＰＮ讀了一遍郵件內容，她模仿兩個組長講話的口氣，逗得我們哈哈大笑。我們說笑了一陣子之後，不知不覺車內安靜了下來，她們兩個人都歪著頭睡著了。但沒過多久醒來後，又東聊西聊了起來。智頌回頭看向坐在後方的恩祥姊說：

「姊，妳不要再滑手機了。」

「好啦。」

「怎麼一直看手機？到底在看什麼？不會是工作吧？」

我知道恩祥姊在看什麼，但我沒有插話。

「沒看什麼。」

恩祥姊回答智頌的時候，我那放在駕駛座與副駕駛座之間的飲料架裡的手機發出了震動。直覺告訴我，肯定是恩祥姊傳來的訊息，而且是和以太坊有關的訊息。不知道是好消息還是壞消息，期待與擔憂參半，弄得我心慌意亂。不知道恩祥姊是否看出了我的心情，之後手機又接連震動了幾次。遇到紅燈的時候，我拿起手機看到一張恩祥姊傳來的截圖和幾則訊息：

—瘋了。

—暴漲中。

—漲到四十萬韓圓了，進入狀態了！

—快漲到一百萬韓圓吧！

包。

我看了一眼前方，紅燈還沒有變綠，於是趕快點開BITGO確認虛擬錢

個、十、百、千、萬……十萬……百萬……千萬……億，億？

簡直難以置信，我忍不住又從頭數一遍，真的多了一位數，九位數，真的是一億。我下意識地鬆開另一隻握住方向盤的手，摀住了嘴。我斜眼瞄了一下坐在副駕駛座的智頌，她正雙手貼著車窗，下巴靠在手臂上欣賞著風景。綠燈了，我從容不迫地放下手機，一邊克制不斷上揚的嘴角，一邊踩下油門。我難以控制自己的表情，從後照鏡看了一眼恩祥姊，她也咬緊牙關。

這時，智頌突然喊了一句：

「姊，妳們快看右邊！」

我們稍稍轉移視線，看向智頌手指的方向，只見低矮的綠色山丘上翻滾著近似橙色的黃色波浪。不知名的小花密密麻麻地開滿山丘，隨著距離越來越近，我們的視野漸漸被那廣闊的黃色波浪給填滿。與此同時，低掛在空中的薄雲也在快速移動著。雲層散開後，陽光下的黃色山丘變得更加鮮明亮麗。我彷彿被吸引了似的，一邊朝山丘的方向打轉方向盤，一邊問：

「把車停到那邊如何？」

「好啊。」

導航發出了警告聲：

「您已偏離路線，重新為您規劃路線。」

我直視黃色的原野，伸手隨便按了幾下，關掉了導航。

我把車停在路邊，大家下了車，黃色的山丘好似一片巨浪呈現在我們眼前。一陣風輕拂而過，花莖溫柔地傾向同一個方向。花浪隨著風的方向不斷變化著。美麗的花浪此起彼伏，我們的心情也隨之蕩漾。恩祥姊俯身，把一朵花夾在指縫間仔細地看了看。

「這是什麼花啊？」

「油菜花吧？」

恩祥姊仰頭看向我，露出無語的表情笑了笑說：

「妳真是什麼都不懂啊。」

「妳不也不知道？」

「我的確不知道，但至少知道這不是油菜花。」

恩祥姊從包包裡拿出手機，拍了一張花的照片，然後利用拍照識別植物的軟體搜尋了花名。

「這是金雞菊，菊花科的一種，一年或兩年生的草本植物。英文名是Golden Wave。」

「這名字真好聽，難怪會被它吸引想要近距離欣賞一下。」

「我也是！」

我們三人爭先恐後地說道。因為是旅遊旺季，知名景點都是熙熙攘攘的人群，這裡卻不見半個人影。怎麼能不拍照留念呢！我們決定以陽光下金光閃閃的金雞菊為背景幫彼此拍照，我先幫智頌和恩祥姊拍了一張，然後恩祥姊幫我和智頌拍了一張，最後智頌又幫我和恩祥姊拍了一張。望著智頌蹦蹦跳跳跑向花叢的背影，恩祥姊低聲對我說：

「漲到四十三萬韓圓了。」

這時，智頌停下奔跑的腳步。我和恩祥姊嚇了一跳，但她不可能聽到我們講話。智頌轉過頭，看了一眼手機畫面興奮地說：

「天啊，妳們太好看了。」

智頌激動的聲音乘著隨風搖擺的花浪飄了過來。

「現在的光線剛剛好。」

「太適合拍照了。」

「啊，真美！」

「妳們看起來很開心耶！」

聽到智頌這句話，我和恩祥姊互看了彼此一眼，不約而同地笑了出來。智頌說的沒錯，恩祥姊的表情開心極了。我心想，都漲到四十三萬韓圓了，怎麼會不開心呢？我在恩祥姊眼中也是這麼開心嗎？恩祥姊彷彿讀懂了我的心思，笑出了聲。她把左手伸到我身後，摸到我的右手後與我十指緊扣。我也用力握緊了她的手。怎麼辦？我們一直笑個不停，拍照的快門聲喀嚓喀嚓地響著。

「笑起來自然多了！很好，就這樣一直笑吧。」

我們聽從智頌的建議，放心地笑得更大聲了。一陣大風吹來，瀏海貼在了臉頰上，我一手將瀏海撥到耳後，一手更用力地握了一下恩祥姊的手。恩祥姊也更用力地握住我的手，非常用力，痛得我哀叫了一聲。我們笑得合不攏嘴，開懷大笑到都能看見對方喉嚨裡的懸雍垂了。我們聽到遠處傳來「看這裡！」的聲音，只見智頌為了捕捉更好看的畫面而彎下了腰。她的視線固定在手機畫面上，一手伸過頭頂，做出ＯＫ的手勢。

「〇〇」

二〇一七年八月三十日

稍晚，我們抵達原定的目的地海景咖啡店。與其說是咖啡店，更像是一座大宅邸。穿過停車場，從後門走進店裡的瞬間，我們同時發出感嘆與嘆息聲。我們先被眼前一望無際的海景震撼，隨即又被坐在店裡欣賞海景密密麻麻的人群嚇到了。

「哇……瞧瞧這人山人海。」

咖啡店很大，但座無虛席，我們慢慢走進店裡。窗邊已經坐滿了人，牆角處也沒有空位。就在我後悔應該早點過來的時候，突然發現恩祥姊不見了。我回頭一看，只見她還站在後門的入口處。我向她使了一個眼色，又招了一下手，她才慢悠悠地走進來，悠哉地環視座無虛席的店內說：

「真有眼光，生意這麼好，錢都被他們賺走了吧？」

智頌早料到恩祥姊會講這種話，於是衝我點了一下頭。智頌走在前面，四處張望尋找著空位。能夠觀賞到海景的窗邊位置坐滿了人，窗外的草地上隨處可見懶骨頭沙發和露營椅。我們心想不如坐在外面，但走出去後覺得太熱，只好又回到室內。這時，剛好有人起身，我們這才在窗邊右側入座。

正如恩祥姊所言，入座後，我才切身感受到這間咖啡店的位置選得有多麼恰到好處。哪怕是坐在角落處，也能看到無邊的大海，視野內不存在任何障礙物，寬闊的草坪和大海同時盡收眼底。就在我和智頌感嘆風景的時候，恩祥姊買來了咖啡，智頌拿起自己的冰咖啡，以草坪和大海為背景拍了一張照片，感嘆道：

「沒想到濟州島的大海這麼美。」

「真的好美。」

我隨聲附和了一句。

「親眼一看，的確可以把這裡說成是世上最美麗的大海。我不是去過峇里島嗎？那裡的海邊已經很美了，但現在看來濟州島的海邊更美。我之前說過我有一個濟州島的朋友吧？他說去過歐洲旅行後發現，再有名的海灘也沒有濟州島這種顏色的海。」

「那個大學同學嗎？」

「嗯……」

不知為何，智頌沒有再講下去。我們講話的時候，恩祥姊忍不住又滑起了手機。我不必看都知道她在看BITGO。手機的訊息提示音響起，我也拿起手機解鎖畫面，看了恩祥姊的訊息。

—漲到四十五萬了。

—看起來還能再漲。

我看了一眼智頌，沒有回覆，趕快關上手機，但臉上難掩內心深處暗湧的喜悅。智頌看了我和恩祥姊一眼，斜眼盯著我們說：

「妳們從剛才就在看手機，怎麼總是在看手機啊？」

「嗯？那個……」

就在我想辯解的時候，智頌冷言冷語地接著說：

「妳們該不會是背著我在傳訊息吧？」

「不，不是……」

恩祥姊打斷我的話，說：

「沒錯。我們投資的以太坊現在突然暴漲！哇，每次打開看都在漲。我快瘋了，根本忍不住不看，對不起。」

我大吃一驚，沒想到恩祥姊這麼誠實。過去幾個月，每當我們提到虛擬貨幣，智頌都表現得十分反感，甚至譴責我們。她當著我們的面抗議了很多次，甚至好幾次退出B03群組聊天室。最後一次邀請她回來的時候，我和恩祥姊答應她，以後再也不提以太坊的事了。這是我們講好的約定。

最初，我購買以太坊的時候，周圍的人就算知道比特幣，也沒有人聽過以太坊，知道的人只有恩祥姊，而且就算上網搜尋也找不到什麼新聞。但不到幾個星期的時間，人們便透過媒體漸漸開始了解虛擬貨幣。除此之外，類似型態的瑞波幣和量子幣等虛擬貨幣也在全國掀起投資熱潮，相關報導佔據整個入口網站的經濟版，每天都可以看到分析衝動投資的新聞和影片、擔憂盲目投資和坐享其成主義的專欄。那些文章的論調和智頌講的話完全一致，說不定她也是看了那些文章之後，才像鸚鵡學舌一樣，重複講給我們聽。

智頌經常對我和恩祥姊說，投資虛擬貨幣還不如投資股票，股票至少可以評估實體公司的價值，但虛擬貨幣沒有任何價值，投資的那些錢一夜之間都有可能變成零、變成廢紙。不要把錢投資在不明確的地方，更不要勸我也加入妳們。妳們都比我聰明，為什麼要做這種事呢……每當這種時候，恩祥姊就會像機器一樣，朗誦臺詞：「虛擬貨幣不是沒有價值，那都是有價值的。區塊鏈保障的交易系統會成為我們未來追求的交易方式……」而智頌聽到這種話時，就只會說：

「真不知道妳在講什麼！我聽不懂！反正我不會投資，妳不要再說了！」

此時智頌的表情就跟那時候一模一樣，她背對濟州島蔚藍的大海，攪動著冰咖啡裡的吸管坐在我面前，用略帶輕蔑的目光像是看著什麼髒東西似的皺起眉頭，歪著脖子，搖了搖頭。

「都瘋了……妳們都被虛擬貨幣沖昏了頭……妳們都瘋了。」

接著，她又肯定地補充道：

「妳們就跟瘋子一樣。」

恩祥姊把手機丟在桌子上，說：

「有什麼問題嗎？我看我投資的以太坊有什麼問題嗎？」

「來濟州島度假，妳們放著眼前的大海不看，一直低頭滑手機，不覺得很不正常嗎？」

「那又怎麼了？我們又沒強迫妳也看。好啊，那妳就看妳的海啊。」

「我們三個人好不容易出來玩，妳們就在那裡滑手機，有考慮過我的心情嗎？妳們甚至還背著我傳訊息聊天，當我不知道啊？」

智頌的呼吸加速，沒好氣地說：

「妳們從昨天開始就在傳了吧？以為我不知道嗎？既然這樣，為什麼還要約我一起出來旅行？」

我覺得我跟恩祥姊有點過分了，於是把手機收進口袋。恩祥姊也退一步，用溫和的語氣安撫智頌說：

「對不起，是我們不好，破壞了妳的心情。但我們把全部財產都投資在這上頭了，沒辦法不看，而且現在還在暴漲。真不知道該怎麼解釋妳才能理解……妳也投資的話，就能理解了。」

啊……拜託……我在心裡默唸，希望恩祥姊就此打住……我莫名感到不安了起來。果不其然，正中了我的擔憂，恩祥姊又說了不該說的話：

「所以我邀妳一起的時候，妳就加入我們該有多好。妳如果知道多海聽了我的話賺了多少錢，就不會這樣講了……」

「妳不要再講了！」

智頌大喊一聲。周圍的人都看向我們。

「我就說我不投資了。」

智頌脹紅了臉，變得更加敏感了。智頌勸我們收手，還說我們根本不知道現在的自己變成了什麼樣子。在她看來，我們就跟瘋了一樣，被虛擬貨幣徹底搞瘋了。既然這麼喜歡錢，為什麼不腳踏實地工作賺錢，像這種用錢滾錢的方法賺錢，跟賭博有什麼不同……說著，智頌伸長手臂指向窗外的大海。

「不要口口聲聲提錢了。這世上很多東西比錢重要。妳們都不覺得對不起那片美麗的祖母綠大海嗎？」

智頌又補充一句：

「妳們的樣子好醜陋，難看死了。」

恩祥姊笑了起來，笑聲由低轉高，越來越大，而且還似斷非斷的。面對恩祥姊突如其來的反應，我感到很害怕。隨即在某個瞬間，恩祥姊臉上的笑容突然全部消失了。

「智頌啊，別人怎麼講沒關係，但是妳不能講這種話。多海，妳說呢？」

恩祥姊看向我，投來求得同意的眼神。但我不理解她是什麼意思，所以默不作聲。

「如果我們沒有投資，就不能來看這麼美麗的大海了。剛過了一天而已，難道妳就忘了我們是用什麼錢來濟州島的嗎？」

智頌像是想起了什麼，轉開視線，望向窗外的大海。

「因為我和多海出旅費，我們才能來濟州島，不是嗎？妳一分錢都沒出就跟來了。」

說著，恩祥姊豎起大拇指指了指停車場的方向。

「喔，對了，妳租了一輛老鼠屎大小的車，謝謝妳喔。」

我應該阻止恩祥姊講出這種傷人的話，但一時間沒有找到好的方法，而且她也沒有就此打住的意思。

「妳險些沒搭上的航班機票、昨天妳吃最多的野生東海鱸、附帶無邊際游泳池的七星級飯店、這間能觀賞到美景的咖啡店和貴得出奇的手沖咖啡，全都是我們投資以太坊賺來的錢。」

說到這裡，恩祥姊拿起手機，點開BITGO軟體遞到智頌面前。那一瞬間，曲線圖還在一直往上漲。

「真不好意思，這一切都是用妳覺得骯髒醜陋的以太坊賺來的錢支付的。」

我忍無可忍，打斷恩祥姊的話：

「妳幹嘛說這種斤斤計較的話呢？我們做這些不都是自願的嗎？」

「沒錯。」

恩祥姊垂下視線，點了點頭，但隨即又抬起頭，眼裡放光地說：

「是我先開始的嗎？是她先把我們當異類看的，說得好像我們跟垃圾一樣。」

到底從哪裡出錯了呢？為什麼我們第一次出來玩，才剛過一天就變成這樣？我以想要挽回一切的心，抓住恩祥姊的手臂用力拉到桌子底下，雙手握住她的手，拍了拍她的手背，又握著她的手搖了兩下，說：

「我們不要再吵了。智頌先說了難聽的話，所以恩祥姊才會心情不好，這都可以理解。但那是因為恩祥姊又勸智頌投資，她才一氣之下說了不該說的話。智頌一直要我們不要勸她投資，我們不是都講好了嗎？」

依舊望著窗外大海的智頌沒有任何反應，但聽了我的話，她露出了同意的表情。恩祥姊覺得很委屈，憤憤地說：

「勸她投資不行嗎？又沒有逼她加入老鼠會。再說了，她投資，我又賺不到一分錢。我是覺得只有我們在賺錢，很對不起她，希望她也能像我們一樣賺點錢。我這不都是在為她著想，勸她一起投資，而且我有很多資訊

「……」

「不，我不需要。」

智頌打斷了恩祥姊。但恩祥姊也立即反駁說：

「不，妳需要，我看我們三個人裡妳最需要。」

智頌直視恩祥姊，一臉不解的表情。

「說實話，我們三個人都是無解的人生，這點妳們也承認吧？但我們三個人裡，妳的人生最無解。妳自己不覺得嗎？」

智頌咬了咬下嘴唇，從她的眼神中可以看出她自己也心知肚明。

「妳是『ＯＯ』，我知道，妳自己也知道。」

ＯＯ？「ＯＯ」是什麼？我第一次聽說，完全不知道她們在講什麼。

「妳、多海和我，現在領的薪水差不多，能玩在一起，但我們能嘻嘻哈哈、有說有笑到什麼時候？無論如何，我和多海明年都能升代理，也能分派到稍微重要一點的工作，年薪也會跟著調整。等到我們升職，掛上了代理、科長的職銜，上了一個臺階的時候，妳還是沒有職稱，還是被大家直呼姓名，一直叫著智頌、智頌，然後整天重複著相同的工作，原地踏步。」

看來有什麼事是只有恩祥姊和智頌兩個人知道，而我卻不知情的。

「我們三人無依無靠，家裡都一貧如洗，但只有妳一點都沒有想要擺脫現況的意識。好吧，沒有也就算了，但妳至少跟一個正經一點的人交往吧。什麼大學生……喂，他不是快要畢業的學生，人家還只是一個新生，而且還是一個外國人。我的天啊，妳飛來飛去浪費了多少機票錢……這還不夠，週末還花那麼多錢跑去襄陽衝浪。妳這麼沒有現實感，以後的人生要怎麼過啊？妳有儲蓄嗎？都這樣了，妳還整天纏著我說想結婚，要我給妳介紹男朋友。妳說我頭疼不頭疼？」

智頌愣愣地凝視著大海，一顆顆既圓又大的淚珠從她的眼眶湧了出來，落在桌子上。

「恩祥姊。」

我用力抓住恩祥姊的肩膀。

「妳快跟智頌道歉。」

轉過頭的恩祥姊這才看到智頌下巴上掛著的眼淚和被淚水浸濕的衣襟。雖然恩祥姊的表情充滿了歉意，但雙手抱胸，把頭又轉向了另一邊。隨後，傳來了抽泣聲，智頌用手指快速抹掉像冰柱一樣掛在下巴的淚珠，揉了揉眼睛。她為了出門玩，精心化的眼妝都哭花了，手背也黑了一片。她拿起放在窗邊的遮陽草帽站起身，直接轉身走出了咖啡店。

看著智頌的背影，莫名教人覺得很心痛。

突然所有聲音都消失，熙熙攘攘的人群也安靜了下來。我隱約聽到腳踩拖鞋有氣無力的腳步聲，智頌黃色的洋裝一擺一擺地越走越遠，背影越來越小。

我下意識推開椅子站了起來。就在我準備追出去的時候，恩祥姊抓住我的手腕。我甩開她的手說：

「妳太過分了。」

「我知道，我很糟糕。」

智頌已經從我的視野中消失了。我拿上智頌放在椅子上的藤編包，朝她消失的方向追了過去。

你與我之間的距離

二〇一七年八月三十日

我馬上追了出去，卻不見智頌的人影。我連聲喊了幾次她的名字，像是置身迷宮一樣，在停車場裡尋找著她。因為傷心，我的眼眶也紅了。恩祥姊說出那麼傷人的話時，我就坐在旁邊聽著，都沒有阻止她。我為什麼會這樣呢？難道我認同恩祥姊的話嗎？難道我覺得她說的都對嗎？「ＯＯ」又是什麼……我的頭好痛。

穿過停車場，我看到遠處智頌如指甲大小般的背影，幸好掛在背後的大草帽一眼就能認出她。我本來想大喊一聲她的名字，但還是忍住了。我與智頌保持一段距離，慢慢地跟在她身後。在路上遇到小貓時，如果心急靠近的話，小貓會嚇得落荒而逃。此時走在前面的智頌也如同一隻小貓，但因為背後的草帽，看起來又很像烏龜，我慢慢地跟著她一直走著。

陽光格外明媚，我們沿著一望無際的車道旁邊狹窄的步行道走著。智頌在我的視線所及範圍內，我始終與她保持著適當的距離。夏末的午後，走在毫無樹蔭的烈日下，背後漸漸被汗水浸濕。我摘下手腕上的橡皮圈，撩起黏在脖頸上的頭髮，綁到頭頂。我用手像搧扇子一樣搧著發燙的臉頰，但顯然沒有任何效果。我望著前方仍像指甲大小般的智頌的背影，心想，如果能幫她戴上那頂草帽就好了，那樣她就不會覺得那麼熱了。我好想幫她遮擋直射的陽光，如果能離她近一點就好了。不知不覺間，想像中的智頌近在咫尺，我伸直手臂就能碰到那頂草帽。我用雙手輕輕抓住帽簷，扣到她的頭上，戴上草帽的智頌轉過頭來。

然而就在這時，現實中的智頌突然調轉方向，朝左邊的草地走了過去。沒走多久，又鑽進野草和樹木茂密的樹林之中。雖然從我的方向看不清楚，但好像那裡有一條路。樹林很高，智頌再次從我的視野消失。沒辦法，我只好匆匆忙忙地沿著她的足跡追過去。

我沿著狹窄的土路走進樹林，綠色植物的香氣撲鼻而來。越往裡走，周圍的樹木越顯茂盛。每走一步，便能看到不同的樹木和從上方垂下來的各種樹葉。

怎麼會有這樣一片小而茂盛的樹林呢？比起人造的氛圍，大自然的感覺更為強烈，但我也不敢肯定。我沿著小路繼續往裡走，樹木變得密密麻麻，而且樹幹和高度也明顯更粗更高了，中途還可以看到有些樹下立著寫了樹種及說明的牌子。顯然這片樹林有人在管理，但置身樹林深處，還是覺得這裡更適合「原生態」一詞，因為氣氛非常接近自然原始的風貌。

布穀鳥和烏鴉的叫聲交替傳來，緊接著還能聽到不知名的鳥叫聲。草叢裡昆蟲的聲音、風吹打樹葉的聲音，以及偶爾傳來的樹林另一頭的大海海浪四濺的聲音。在這些聲音裡，也摻雜著我們的腳踩在泥土上發出的沙沙聲。智頌穿著綁有白色鞋帶的夾腳拖，腳步也漸漸放緩了。也許她也和我一樣，正聆聽著所有的聲音往前走。我稍稍加快腳步，漸漸拉近我與智頌之間的距離。不知什麼時候，智頌自然而然地轉過頭看向我說：

「這裡很美吧？」

智頌好像知道我一直跟在後頭。她是何時察覺到的呢？我有點驚訝，但還是平淡地回了一句：

「嗯，真的很美。」

智頌若無其事地說：

「妳不知道我是『ＯＯ』吧？」

「不知道。說實話，我現在也不知道那是什麼意思。」

智頌轉過身，再次背對我，我們之間仍保持著不近不遠的距離。走在前面的智頌稍稍仰起頭，一邊望著天空一邊往前走。稍後，智頌用平靜且親切的語氣解釋了「ＯＯ」的意思。

按照智頌的說法，怎麼來解釋「ＯＯ」好呢？這和我所經歷的實習制度不一樣，根本沒有轉成正式員工的機會，也不像工作年限最多只有兩年的約聘人員，而是屬於另外一種介於這兩者之間的無期聘約。雖然「ＯＯ」從事的是比正式員工更單純且受限制的工作，卻需要比約聘人員更熟練業務。如果不是暫時性的，而是長期性的業務，公司就會約聘「ＯＯ」。「ＯＯ」的準確名稱是「Office Operator」。智頌高中攻讀會計，畢業後又在小規模的公司做過五年的會計，所以以「ＯＯ」一職進入瑪龍製菓。我所屬的部門沒有這種職務，所以從沒聽過這件事，恩祥姊所屬的部門好像有一、兩名「ＯＯ」。據說，會計組只有智頌一個人是「ＯＯ」。

公司為了處理核算業務，以「ＯＯ」聘用了智頌。表面上她和其他人一樣，員工證的形狀和顏色也沒有不同。當然，公司內部的組織圖上不會標記出「OO」，只有擁有特定權限的人，比如人力資源部的人和會計組組長知道智頌是「OO」。智頌和所有人一樣在辦公室工作、加班、休假，年終年初也和其他人一樣接受業務評核。但有一點絕對不同，就算智頌和其他人一樣拿到「M」，薪水也仍比年資相同的人更低，而且沒有獎金或分紅，就連公司在中秋和新年時發的價值五萬韓圓的J-mart禮券也沒有。最關鍵的是，無論她在公司裡做了多久，公司也不會給她任何職稱。

還有一件事教人難以置信，會計組的人不會和智頌一起吃飯。雖然每個月兩次的小組聚餐以及每一季的研討會都會讓智頌參加，但平時大家不會約她一起吃午餐。智頌含糊其辭地說：

「嗯，雖然他們不是故意的……」

會計組的人原本就不會聚在一起吃午餐，大家喜歡各自行動。有的人因為在公司認識的人多，所以總是有約，也有人擁有固定的飯友，所以總是兩、三個人聚在一起吃飯。但智頌不認識別人，所以只能自己解決午餐和晚餐。後來她才開始和隔壁組的恩祥姊一起吃飯，我一週也會抽出一天時間跟她們一起吃飯。智頌說，跟我們一起吃飯是她一天中最期待、最幸福的時間。

「妳們要是辭職的話，我該怎麼辦？偶爾想到這裡，我就會特別害怕。」

智頌緩緩轉過身，看著我說：

「一直做下去吧，當上代理，然後科長，一直做到部長。好不好？」

智頌還問我，如果我明年當上代理，可不可以還稱呼我姊姊。我提高嗓門說：「這是什麼話？當然可以！」智頌又問：「那當了部長呢？」我用更大的嗓音，近乎生氣地說：「那當然！」智頌自言自語地反覆唸道：「鄭多海部長……鄭部長……」我自己聽了也覺得很奇怪，很肉麻，呵呵笑了起來。片刻過後，智頌又說，到時候不知道自己還在不在公司。我靜靜地聽著，什麼也沒說。

「我真搞不清自己人生的方向。我知道必須存錢，也知道跟一個大學生交往沒有未來，但我現在不想思考那麼多……卻又覺得很不安……我不知道該怎麼辦才好。」

「妳就按照自己的步調走吧。不是所有人都能像恩祥姊那樣，每個瞬間都在思考該如何活下去。在我眼裡，恩祥姊才是特別的人。」

「是吧？」

「是啊。」

我們各自說出兩個粗短的音節後，結束了對話。同時，我們的步伐終於達成一致。

走沒多久，轉過小路後我們察覺到，周圍的樹木越來越粗壯。我沿著樹幹望向上方，只見不同樹種的大樹伸出枝幹，彼此交織在一起，樹枝上的樹葉相互重疊成樹蔭，好似一張密密麻麻掛在空中的網，也像極了代表某人命運的天藍色掌紋。一縷縷陽光從樹葉的縫隙間照射下來。

我仰起頭，享受著照在臉上的陽光。這時，智頌好像發現了什麼。

「哇，那是什麼啊？」

我沿著智頌的視線和指尖的方向望去，看到了遠處的石堆。

不，與其說是石堆，更像是石塔，大大小小的黑灰色石塊由下至上層層疊起，疊出一個又一個圓錐狀，看上去既尖銳又漂亮的石塔。石塔的周長不足一個人抱住，但兩個人環抱又綽綽有餘，高度也遠遠超過成年人的身高。石塔既高又尖，從某種意義上來講，甚至讓人感到很驚奇。在這個風大的小島上，石塊疊成的石塔看似搖搖欲墜，但卻堅守在原地。能在如此惡劣的環境下屹立不倒，我覺得難以置信。

陽光如同聚光燈打在身處舞臺中央的主角們一般，從樹葉縫隙間直射下來，照射在那些石塔上。

那裡疊滿了大小不同、但形態相似的石塔，目測就有十多座。那種協調的均衡感，即使從遠處觀望也教人感嘆不已。智頌先邁開腳步朝那邊走去，我也緊隨其後跟了過去。

隨著與石塔的距離逐漸縮短，我漸漸察覺到它們遠比我預估的還要高。太雄偉了。不過是一堆石塊而已，竟能如此華麗。這種塔叫做許願塔，還是祈禱塔呢？它們是從什麼時候出現在這裡的呢？是一個人默默許下心願而疊起的石塔嗎？還是不同的人經過此處時，撿來周圍的碎石，許下心願後疊起來的呢？雖然無從考證，但面對這些高聳入雲的石塔，不禁教人聯想到把一塊又一塊石頭疊放上去的身影。一種崇高且神聖的感覺不禁油然而生。

石塔最底下圍了一圈像是基石般，僅憑一己之力根本無法搬動的大岩石，大岩石之上則疊著形態相似、但更小一些的石頭，再往上則是一些類似磚頭大小的石頭……越往上越像等比數列一般，疊放著既均一又有規則的小石頭。雖然石頭的形態各異，卻像一幅拼圖般互相填補著各自的空隙。我抬頭看向最頂端，只見一塊又圓又扁的石頭像是為了穩住重心一樣，壓在最上方。周圍的石塔也是如此。雖然這些石塔的高度和周長略有不同，但形態相似，就像以一座石塔為本，複製出一堆縮小版和放大版的石塔一樣。一座大石塔周圍聚集了一堆小石塔，展現著均衡之美。

一塊塊石頭在各自的高度堅守著自己的位置，在耀眼的陽光下一閃一閃。

智頌大步走到最近的一座石塔前。

「多海姊，這太美了。」

「好美，莫名教人肅然起敬呢。」

「我也是。真夠莊嚴雄偉的。」

智頌又朝石塔邁近一步，然後伸出手臂拍打了一下石塔。我擔心石塔會倒塌，趕緊抓住智頌的袖子，阻止了她。

「喂，小心點。」

我開口阻止智頌的瞬間，發現她的肩膀微微顫抖。智頌低沉的聲音也像發出了相似的振幅：

「可惡……」

「怎麼了？」

智頌轉過頭看向我，欲言又止。剎那間，智頌的表情產生了變化。

「黏在一起。」

「嗯？」

「這些石頭……全部都黏在一起。」

智頌毫不猶豫地把手伸向石塔，用手指胡亂插進石頭間的縫隙，反覆說著相同的話：

「妳瞧瞧，這個！這個！全都是水泥！水泥！」

聽了智頌的話，我這才把臉湊近石塔。碎石頭的縫隙裡真的全是黑灰色的水泥。

怎麼可能！

不可能的事除了這些來歷不明的石塔之外，還有我的心情。真的好奇怪，我已經知道石塔的真相，但還是覺得它很美，很崇高。智頌一邊罵著髒話，一邊用力踢了一腳石塔。我還是第一次聽到智頌破口大罵。

「呃！啊——」

撕心裂肺的慘叫聲傳進我的耳朵。只見智頌雙手抓著腳，應聲倒在地上，疼得來回打起了滾。我的心震了一下。霎時間，小樹林裡充斥著慘叫聲，不祥地迴盪著。慘叫聲沒有停止，我的心嚇得都快炸開了。

智頌抓著腳背，腳上血肉模糊。血可以流得這麼快嗎？人的腳能流出這麼多血嗎？瞬間，這些疑問從我的腦海一閃而過。血不斷地從智頌掩住腳的指縫間湧出，根本沒有要停止的跡象。眼淚以同樣的速度從我驚嚇的雙眼傾灑而下，我跪在發出慘叫聲、蜷縮起身體的智頌身邊，像是相信這樣可以幫她止血一般，用力抓著早已被血染紅的拖鞋，嘴裡連連高喊著：「怎麼辦？怎麼辦？」我用沾滿鮮血的手從包裡找出手機，撲鼻而來的血腥味嚇得我手指不停顫抖。失敗了兩次之後，第三次終於撥通了「一一九」。當聽到對方說「您好，這裡是消防署」的時候，我語無倫次地說：

「我朋友，受傷了，流了，好多血。」

我哭得說不清楚話了。

「她撞到大石頭了。」

「沒錯，在大海陽光咖啡店附近。嗯，她不能走，走不了路了。」

「血一直流。」

消防員說會立即出動，等他們到了附近之後，再請我告訴他們詳細的地址。

「可是我們不在咖啡店，而是在距離咖啡店有一段路的小樹林裡。」

「我不知道這樹林叫什麼，這裡有石塔……不，是像石塔一樣的東西……我們在石塔這裡。」

說到這裡，我心頭一陣痛，跟著眼眶又紅了，眼淚再次奪眶而出。

第二個生日

二〇一七年八月三十日

智頌做了一個多小時的縫合手術。她偏偏踢到的是尖銳的石頭，導致腳背裂了約十公分深的傷口，而且一根腳趾骨折了。醫生說三天後還要再做一次手術。

治療結束後，我們總算擺脫了混亂的狀況。智頌醒來的時候，恩祥姊剛好趕到急診室。我在電話裡已經向她說明情況。恩祥姊一聲不吭地走到智頌床邊，默默地坐在床角，把手輕輕地放在智頌纏著厚繃帶的腳旁，視線卻一直盯著地面。

我覺得恩祥姊應該向智頌道歉，她必須道歉，現在是道歉的最佳時機。我以為她會說聲對不起，但出乎意料的是，說對不起的人不是恩祥姊，而是智頌。

「恩祥姊，對不起。」

依在床頭的智頌坐直身體，然後又躺了下去。她望著天花板，自言自語地說：

「是啊，妳說的都對。

「恩祥姊的話都對。

「我也知道。我都知道。如果一直這樣下去，以後就只能靠賺的那一點錢過活，賺多少就花多少。我無依無靠，所以能對我人生負責的人就只有我自己，但我漸漸快要承受不起這種責任了。在這樣的情況下，對於爸媽養老的問題也沒有任何對策，搞不好也會成為落在我身上的責任。後年我就要三十了，三十歲的時候……說實話，三十歲也沒什麼希望。如果希望四十歲以後能搬出那個像棺材一樣的單人房，住進一個像家的地方；如果想要實現我一直以來的夢想，結婚，生三個小孩，擁有一個幸福的家庭，我現在就應該立刻準備公務員考試，再不然就腳踏實地地找一個收入穩定且顧家的男人嫁了。這些我都知道。」

說完，智頌像是承認了自己的狀況似的，點了點頭。短暫的沉默後，智頌悲壯的臉上又增添了幾分感傷。

「但是……我就是喜歡帥哥啊。」

她嚎啕大哭起來，抽動著肩膀，眼淚沿著太陽穴一滴滴落在印有「西歸浦醫院」的枕套上。面對突如其來的狀況，我和恩祥姊只能默默地聽著她抽泣。

「至今為止，我從來不挑剔對方的長相。我從小到大就聽長輩講，女人要跟更愛自己的男人在一起才會幸福，所以交男朋友的時候，我從不考慮自己喜不喜歡對方，只要他喜歡我。這對我來說是最重要的。就算那個人不是我的菜，只要他喜歡我，我就會跟他在一起。他要是一直對我好，就多交往一段時間，日久生情，我就會對他產生好感。我的好感都是來自對方對我的好。就算不喜歡對方，只要他說喜歡我，我就會喜歡他。但我也有自己喜歡的類型，也有特別吸引我的人，只是我從沒考慮過自己的感受。」

智頌哭得嗓子都啞了，但還是把話都講出來了。

「我現在不在乎對方喜不喜歡我了，我只想跟自己喜歡的人在一起。而且我發現，我……我喜歡帥哥。我喜歡偉霖，因為他長得帥。我現在才搞清楚我自己。世上的確有很多種人，但對我來說……長得帥就是好人啦！我沒辦法再跟別人交往了，那些人再怎麼喜歡我，我不喜歡他們的話，也就是說，如果不是帥哥的話，我就是不喜歡。」

說到這裡，智頌用佈滿小傷口的手背抹去眼角的淚，深吸了一口氣。

「最重要的是，偉霖也喜歡我。他說他很喜歡、很喜歡我，還說畢業以後要來韓國找工作。他還在學韓語呢。雖然才剛學字母，但妳們知道他這樣有多可愛嗎？我知道所有條件都對我們很不利，但這次不是因為他喜歡我，我才喜歡他，而是我喜歡的人也剛好喜歡我。世上還有比這更罕見、更幸福的事情嗎？我現在只想好好地跟他在一起。」

智頌臉上寫滿了真心，聽到她如瀑布般傾瀉而下的自白後，我和恩祥姊都肅然起敬了。恩祥姊抽出兩張紙巾，幫智頌擦了擦眼淚，然後拍拍她的肩膀說：

「好……祝福你們早日有情人終成眷屬……我都明白了。妳別哭了，再哭麻醉要失效了。」

雖然不知道恩祥姊這句話是否有醫學根據，但智頌吸了吸鼻子，喘著粗氣，努力讓自己停止哭泣。

「姊，那個……怎麼用啊？」

「什麼？」

「妳們投資的那個，虛擬貨幣。」

我大吃一驚看向恩祥姊，恩祥姊也看向我。智頌堅定有力地說：

「我也要加入妳們。」

智頌的話音剛落，恩祥姊就拿起智頌放在枕邊的手機，塞進她手裡。

「先下載那個軟體。」

接著又說：

「等妳開設了虛擬帳戶，我就送妳十個幣，不，送妳二十個。我投資比妳早，送妳幾個幣沒問題。」

難以置信的智頌眨著哭腫的眼睛，我也不敢相信，我們幾乎異口同聲地問：

「真的嗎？」

「嗯，就當作是我送妳的生日禮物。二十個的話，以今天的價格來看值八百七十萬韓圓。等它漲到八千七百萬韓圓……不，讓它一直漲到億……」

恩祥姊說完這句話後，調整了一下呼吸，接著說：

「有錢大家一起賺！」

那瞬間，我覺得恩祥姊是這世上最帥氣的人，同時也很羨慕智頌。一個教人羞愧的想法從我腦海一閃而過，既然都送了，為什麼不也送我三個呢？

後悔、自愧、委屈和悲壯交織在一起的情緒漸漸散去後，智頌的臉上露出難以言喻的喜悅。

「我生日是十一月……」

智頌吃力地坐起身，豎起枕頭靠坐在床頭，用手掌抹去雙頰的眼淚。她拿起手機，解鎖畫面，用隱約可聞的聲音說：

「從今天起，八月三十日，今天就是我的生日。」

某種貪心，某種欲望

二〇一七年九月十三日

韓國有句諺語說：「晚學會偷東西的小偷，不知道天亮。」

自從我們從濟州島回來後，智頌就徹底淪陷在虛擬貨幣的世界裡，簡直到了無法自拔的程度。

與恩祥姊擔心的情況剛好相反，智頌不是沒有存款，只是金額不多。智頌把帳戶裡的錢全都取了出來，還跟房東拿回一部分的押金，但相應的房租提高了。智頌甚至還開設了可以透支的帳戶。就這樣，她把東拼西湊來的錢全部拿來購買以太坊。

自那之後，如果曲線一直上升該有多好呢。

從七月到八月持續上升的曲線在九月開始接連下降，偏偏那天（智頌說是生日，宣佈重生的八月三十日）是最高點，之後一直不斷下降。一覺醒來又跌了一點，吃頓飯後再看又跌了一點，似乎沒有停止的勢頭，持續地一跌再跌。這就是所謂的「暴跌」。

智頌沒有屈服，反而趁著價格大跌又從薪水裡取出一部分錢加買一些。不知道恩祥姊是擔心智頌受到打擊，還是她真的認為她告訴智頌在虛擬貨幣的市場中，這是趁著價格大跌時多買一些的好機會。一言以蔽之，這就是「市場稀釋策略」。每天早上智頌和恩祥姊都會在Ｂ０３聊天室互傳這樣的訊息：

—哇……又跌了！

—沒事，沒事！

—江將軍，現在是加買的時機嗎？

—是的，加買！

—衝啊！

緊接著聊天室裡出現一堆腦後懸掛著天使光環，強顏歡笑、一臉超脫表情的貼圖。這樣下去……真的沒事嗎？如果是我的話，應該會很焦慮。不知道是不是因為智頌膽子大，看起來沒有任何情緒波動，又或者是因為她親眼目睹了這段時間我和恩祥姊經歷的種種狀況。過去幾個月裡，我和恩祥姊面對時而風平浪靜、時而起起伏伏的曲線圖又哭又笑，但最終迎來了今天的漲勢。智頌肯定也覺得自己在「暴跌」時加入，透過「加買」，在「市場稀釋策略」中「死守」下來的話，就能獲得相應的收益。

當然，我也這樣相信，並且懇切地希望可以夢想成真。就像那個用買一盤披薩的錢購買比特幣，之後忘得一乾二淨的少年一樣，我也期待能用買三、四盤披薩的錢購買以太坊，然後等著它暴漲，好辭去工作。

但這只是希望，並沒有實現的保證。

雖然智頌表面上裝作若無其事，口口聲聲說會漲、還會漲、只相信將軍的話，但她每天都在咬指甲，有一次咬得十根手指都見血了。隔著辦公室隔板的恩祥姊說，每當聽到智頌用長出堅硬血痂的手指敲打鍵盤發出沉悶的聲音時，都會莫名覺得很內疚。看來一直慫恿智頌趁暴跌加買以太坊的恩祥姊也很不安。恩祥姊還說，看到這種趨勢，有時會覺得現在應該就是以太坊的最高點了，她甚至還覺得應該趁早「收手」。

其實，我和恩祥姊的想法一樣。雖說虛擬貨幣市場起起伏伏不是最近一、兩天的事，但這次……情況有些不同，周邊環境發生了明顯的變化。

與年初不同，如今大家都對比特幣和以太坊等虛擬貨幣有所了解了，而且每個人都提高嗓門堅稱自己的分析最專業。之前我們對批判跟風現象、加密貨幣的負面報導和擔心暴跌等等新聞只是報以聽聽就算了的心態，但現在情況不同了。有傳聞說，政府將插手管制虛擬貨幣市場。當這種傳聞幾乎要成為定論時，我們不能再忽視周圍的情況了。雪上加霜的是，幾天前中國報導了管制虛擬貨幣市場的新聞。那天之後，不分種類，整個虛擬貨幣市場出現了前所未有的大幅下跌。以太坊少說也跌了百分之六十。我們在濟州島時，五十萬韓圓1ETH的以太坊瞬間跌到二十多萬韓圓。我茫然若失地看著如懸崖峭壁般的曲線圖，用手搓了搓臉，然後給恩祥姊傳了訊息：

—妳看到中國的新聞了嗎？

—嗯，情況好像有點嚴重啊。

中國管制虛擬貨幣市場的消息傳出一週後的某天，我在三樓的電梯前遇到了恩祥姊。我們靠在走廊盡頭的牆上，一臉沉悶。

「我們能堅持到現在，就是因為相信它終有一天會漲，但如今真不知道堅持下去還有什麼意義。」

恩祥姊坦白地說，她很後悔讓智頌投資虛擬貨幣。智頌是在最高點買入的，除了恩祥姊送的二十個幣以外，根本賺不回本錢。而我和恩祥姊感到很痛心的是，我們買得早，就算現在賣掉也不至於虧本，但智頌卻是損失慘重。我懇切地希望，即使我和恩祥姊的以太坊停滯不前，但至少讓智頌的漲一漲，然而這顯然是不可能的事情。因為我們買的同樣都是以太坊，置身於同樣的曲線圖之中，我們的船行駛在同一片命運的海洋之中，在虛擬貨幣市場史無前例的驚濤駭浪裡遇上了「死守」與「收手」的十字路口。

恩祥姊說，這兩天打算找準時機把剩下的以太坊賣掉，也準備勸智頌虧本賣掉，然後自己補償她一部分的損失。因為是自己慫恿智頌投資的，所以應該對此負上責任。

「如果連韓國也開始管制的話，價格肯定會跌到谷底的。說實話，我從昨天開始就在找時機想賣掉了……」

恩祥姊不認為是管制本身存在問題，而是覺得開始管制的話，價格勢必會一跌再跌，與其這樣，不如提早收手。如果恩祥姊離開了這個世界，那我也得全部賣掉，因為在金錢方面，我相信她的判斷力……她是我唯一的將軍……啊……但……但是……

我真不想相信。

這就是最後的結局。

我還以為會漲得更高……還以為會直達月球……我不想，我不想賣掉，我賺得還不夠！遠遠不夠！以現在的價格來看，我的虛擬錢包餘額大概有五千萬韓圓。最初我把全部財產拿來投資，之後又用退休金、貸款和月薪加買了一部分。這些錢合起來有兩千萬韓圓左右，也就是說，我靠以太坊賺了三千多萬韓圓。這筆錢比我的年薪還多，而且不用工作就賺到了約本金的一點五倍。我不願相信過去半年來，一直作的一夜暴富的夢就這麼破滅了。

我感到既憤怒又委屈，同時也覺得這樣的想法很厚顏無恥。沒辦法啊，這就是人類的欲望，永無盡頭且不知廉恥的欲望。最初覺得賺一百萬韓圓就好，誰知道兩手一攤也能多賺幾百萬韓圓，之後便希望能賺到一千萬韓圓，等到超過千萬韓圓之後，又想再多賺幾千萬，最後甚至期待可以突破一億。明明在濟州島的時候，我的虛擬錢包餘額是一億韓圓，因為我一直在憧憬一億韓圓可以做的事情，所以才會覺得三千萬遠遠不夠。

住進那間一點二的房子，躺在床上看不到玄關和廚房以後，我的欲望升級了，我希望躺在床上聞不到剩菜剩飯的味道。另外，我還想住在兩扇窗戶對望，通風好一點的地方。僅此而已，這算是欲望嗎？睡覺的時候，不想聞到食物的味道，很貪心嗎？貪心也好，欲望也罷，總之我現在想要住進臥室和廚房徹底分開的房子。在地鐵站搭小巴，下車後走回家的這段路會經過一條美食街。臨近打烊的時候，滿街都是各家餐廳丟出來的垃圾，多到一直堆到我住的那棟樓的門口。來看房子的時候，我沒有很在意打開窗戶後聞到的滿街食物味道和聽到醉漢的嬉笑打鬧聲。搬來以後，我才察覺到自己對氣味有多敏感。所以我想住在聞不到樓下披薩和隔壁馬鈴薯排骨湯店氣味的地方，打開窗戶看不到美食街和ＫＴＶ的地方，最好可以看到公園，哪怕是一處只栽有兩、三棵樹的公園也好。下次搬家，我想住進周圍環境乾淨的社區，希望離通勤的地鐵站再近一些。再不然，就買一輛車。在濟州島駕駛時，我覺得還是有車方便，最好搬到附帶停車場的地方。就算坪數小，還是想要住進社區公寓。我還想經常住飯店，不用擔心旅費，常常出國玩。

恩祥姊現在收手的話，應該也無所謂吧？她少說也賺了三億。我要是也有那麼多錢就好了。如果是那樣，我就可以辭掉這份令人厭煩的工作，稍稍休息一下，想想自己真正喜歡做什麼、擅長做什麼。我沒有打算一輩子遊手好閒，我沒有那種荒唐的念頭。不多不少，只要休息一年，讓我想一想未來的出路就好。只要一年……但這需要很多錢吧。啊，如此看來，這也算是一種欲望了。

我希望不努力、不拚搏也能擁有很多錢。我想要生活得再寬裕一些。顯而易見，我作的是一夜暴富的夢。只靠薪水是不夠的，我需要更多的錢。

我把手放在垂頭喪氣的恩祥姊的肩膀上，毅然決然地提議說：

「姊，我不能就這麼賣掉。我們就問一次，然後再做決定吧。」

「問誰？」

我從錢包裡翻出四個邊角已經皺巴巴的名片，遞給恩祥姊。

那是一張印有中分髮線的盤頭、閃亮的額頭、紋著濃眉和塗了紅唇的年月大師照片的名片。

西伯利亞西北風

二〇一七年九月十八日

我們又聚在了香啡繽的一號車廂。

身穿立領白襯衫，盤著油亮頭髮的年月大師提早坐在那裡，翻開的大筆記本擺在桌子上，旁邊鋪著藍色的毯子。她正在整理毯子上的塔羅牌。我用目光跟大師打了聲招呼，在她對面坐下，跟著智頌和恩祥姊依次入座。我們三人大腿挨著大腿擠坐在沙發上，大師從右至左慢慢地掃視了一遍我們的臉，然後用手摸著筆記本的空白頁，看著我說：

「我們之前見過一次吧？」

「嗯，見過。」

接下來，大師又看了一眼智頌和恩祥姊脫口而出：

「初次見到的這兩位小姐，其中一位似乎正在跟外國人交往吧？」

我清楚地感覺到坐在身旁的智頌的腿在抖，我斜眼一看，她果然一臉吃驚的樣子。我也嚇了一跳。上次和組長來的時候，我就已經體驗過被大師一眼看穿的感覺，這次也是如此。我們剛入座，還沒等我們開口問問題，她就漫不經心地先發制人說中了一件事。也許這就是年月大師的經營策略吧。當然，沒有能力的話，也無法用上這種策略。我轉頭看向右側，啊，智頌的眼神已經無可救藥地相信大師了。

「是的，是我。」

智頌高舉手臂回答。

「妳很適合跟外國人交往。」

「是吧！」

智頌一邊用充滿確信的聲音回答，一邊瞄了一眼恩祥姊。雖然我只能看到智頌的後腦勺，但已經猜到她那副洋洋得意的表情了。年月大師抽出夾在襯衫口袋裡的黑筆，拔下筆帽的時候，發出了「啵」的一聲響。不知道為什麼，那聲音就像一種徵兆。年月大師把筆帽插在筆桿末端，問：

「出生年月日？」

「一九九一年十一月……」

智頌唸出自己的出生年月日和時間，年月大師快速地寫在本子上。中午時分，在這個上班族密集的咖啡店裡，適當嘈雜的空氣中又添加了一份帶著陰森且神祕的沙沙筆跡聲。年月大師寫的不是阿拉伯數字，而是漢字。她在智頌的出生年月日底下又寫了幾個我們不認識的漢字，與此同時，另一隻手掐指算著什麼。最後，年月大師抽出紅筆快速地在自己潦草的字跡上圈了幾個圓。

「這位小姐跟寒冷的國家很有緣。」

驚慌失措的智頌急忙問：

「嗯？那熱氣候的國家呢？」

「算出來的是寒冷的國家。」

智頌的表情瞬間黯淡了下來。

「不是非常熱的國家，只是稍微、稍微有點熱的國家呢？」

「那我就不清楚了，總之是颼冷風的地方。」

年月大師接著說：

「照方向來看的話，應該是北方。」

這幾乎是個在板上釘釘的結論，因為臺灣是一個在韓國南邊的國家。

「我現在正跟一個住在稍微有點熱的國家的男生談戀愛。本來就不知道該怎麼辦，所以才來請教大師，我跟他能一直交往下去嗎……」

年月大師明白了智頌的意思，邊點頭邊把一隻手放在塔羅牌上，接著橫掃出一個半圓的扇形。

「妳心裡想著你們談的這場戀愛，然後抽三張牌吧。」

智頌的手指在塔羅牌上方緩慢移動著，在她慎重考慮要抽哪張牌的時候，我轉頭看向恩祥姊，如我所料，恩祥姊也看向我。每個人只有十五分鐘的時間，三個人加在一起也不過短短的四十五分鐘，所以我和恩祥姊很擔心時間都用在詢問智頌的愛情運勢上。智頌接連抽出三張牌，又點開臉書的Messenger問了偉霖的出生時間，大師用他們的生辰八字算了婚緣。時間無情地流逝著。

恩祥姊喝光杯中的冰咖啡後，開始嚼起了冰塊。突然，她像是想到了什麼，眼裡放光，打斷了智頌和年月大師的對話。

「等一下！等一下！大師，請等一下！」

「嗯？」

在座的人都看向恩祥姊。

「您剛才說她和北方的國家很有緣，具體是哪個國家呢？」

「我看看……」

年月大師翻回上一頁，用黑色和紅色的筆潦草地又寫下幾個漢字，最後在我生平第一次看到的、筆畫繁多的兩個漢字底下畫了兩條線。

「蘇聯。」

「蘇聯？」

「嗯。」

「您指的是俄羅斯吧？」

「沒錯。妳也報一下出生年月日和時間。」

年月大師翻開新的一頁，寫下恩祥姊的出生年月日和時間。

「不光是這位小姐，妳們三個人都和俄羅斯很有緣。有沒有察覺到從北邊吹來的冷風啊？西伯利亞西北風，妳們乘著這股風，可以飛到很遠的地方。這裡都寫著呢。」

「我們三個人嗎？我也是嗎？」我問。

「嗯，上次我說妳是火團。如果大風吹來的話，妳這零星之火便足以燎原啊。」

我越聽越一頭霧水。年月大師鼓起雙頰，送出一口氣的同時，一巴掌拍在桌子上說：

「風呼呼地吹，火越燒越旺，妳知道這是什麼感覺吧？」

面對她咄咄逼人的氣勢，我下意識地點了點頭。說實話，我根本不知道她在講什麼。剛坐下來還沒等我們發問，她就說中了一件事，這的確教人驚訝，但之後就沒有再說對什麼事情了。恩祥姊直勾勾地盯著蘇聯二字，表情十分複雜。不，現在想來，她的表情似乎是豁然開朗的。

之後我們又問了幾分鐘關於投資的問題，大師說我們今年的金錢運勢不好也不壞，但切記不要把全部財產都拿來投資。她的意思是，不要把雞蛋都裝在同一個籃子裡。但這種話誰不會講呢？就在我思考著這件事的時候，約定的時間到了。

我們走出咖啡店，有別於心事重重的我，恩祥姊則是一臉釋然的表情。她把手插在風衣口袋裡，垂下視線，看著地面邊走邊低聲說了一句：

「我……不賣了，我們再堅持一下吧。」

「為什麼？」

「因為以太坊的創始人布特林是俄羅斯人啊。」

那一瞬間，不知是在腦袋裡，還是在心裡，彷彿有人突然點著了一根火柴，猛烈的火花四濺。我和智頌無言地擊了一下手掌。

就這樣，我們決定乘著這股西伯利亞西北風，再堅持一下。

錢的屬性

二〇一七年十一月二十三日

十一月二十三日星期四。一、一、二、三，排列整齊的美麗數字。

我怎麼可能忘記這一天呢？

這天跟往常一樣，但非要說有什麼不同的話，那就是前一天還能穿薄風衣，但今天天氣突然轉涼，必須拿出毛織大衣了。一年將至，我又穿上了年初那件大衣，袖口處依稀可見年初去J-mart開會時灑上的咖啡污漬。當時如果立刻送去乾洗，就不會留下污漬了，但我硬要自己處理，結果洗不乾淨，最後還是送去了乾洗店。那時候，我還沒買以太坊。如果是現在，我肯定會立刻送去乾洗……現在回想起這件事，不禁覺得很可笑。乾洗一件大衣不過五到六千韓圓，加上去除污漬的費用可能只要一萬韓圓吧？真不知道那時的我為什麼過得這麼節儉。

雖然現在可以瀟灑地講出這種話，但我依然清楚記得當時的心情。我並不期待明天會比今天過得更好，甚至不知道該期待什麼，只希望不要比當下更糟糕。節儉的生活於我而言理所當然，既不悲傷，也不委屈，內心的淒涼如同不曾察覺時留下的污漬一般。

為了掩蓋污漬，我捲起袖口，但隨即看到了內側起的一堆圓圓的毛球。密集的毛球看起來有點噁心。我邊用手揪毛球，邊看了一眼蓋住膝蓋的大衣邊緣，那裡也起了很多毛球。這件米色大衣是我為了紀念成為正式員工，特地到暢貨中心買的，轉眼已經穿了五年之久。買這件大衣之前，我只有一件黑色大衣。我很喜歡也珍惜這件大衣，所以只在重要會議的時候才會拿出來穿。在早上通勤的地鐵上，我決定買第三件大衣，於是用手機搜尋了一下長大衣。那是平淡無奇的一天，到此為止沒有發生任何特殊的事。

吃完午餐回到辦公室，以太坊的曲線莫名其妙地開始乘著激流之勢一路飆升。早上還是四十一萬韓圓，下午三點漲到了四十四萬韓圓。就是從那個時間點開始，我們的群組聊天室分分秒秒出現了BITGO的截圖。每當突破最高點時，聊天室裡就會同時出現三張相同的照片，大家可謂是爭先恐後地上傳截圖。整個下午，我們都在直播曲線圖的現況，就連下班回家也沒有停止，直播一直進行到深夜。我激動得睡不著覺。

午夜時分，終於突破過去五個月來的最高點，漲到四十六萬九千五百韓圓。恩祥姊預測說：

—明天應該會漲到五十萬韓圓。這次真是乘勝追擊。相信我，這個月肯定能漲到一百萬韓圓！

—啊，拜託！

—漲吧！

—將軍！

—將軍大人！

隔天二十四日凌晨，漲了一夜的曲線圖創下歷史新高，終於突破五十萬韓圓。最高價漲到了五十三萬五千韓圓。我的虛擬錢包再次出現了億這個單位，簡直難以置信。那瞬間，我覺得人生彷彿打開了某種可能性。進一步講，我可以在腦海中清晰地想像出那種「打開」的感覺。好似緊閉的冷藏倉庫的大門，突然發出刺耳的金屬聲，一下子徹底打開了。緊接著，面積與大門相等的巨大光亮照射出來，耀眼得教人難以直視。

最讓我開心的是，智頌的表情從陰轉晴。我們終於見到了曙光。智頌向我們坦白說，以太坊下跌的時候，因為焦慮不安，根本無法專心工作，整天盯著曲線圖。但現在開始上漲，又有了上漲的不安，所以還是整天盯著曲線圖，根本沒辦法做事。她還說，終於理解我們在濟州島時的心情了。

—如果當時我沒買以太坊可怎麼辦？太心驚了。

雖然感到高興也興奮，但另一方面還是很迷惘。我們嘴上像講口頭禪似的說「死守才是正解」，但心裡都知道這不過是咒語般的祈禱文罷了。到底是什麼原因帶來這種突如其來的漲勢呢？究竟是為什麼？我滿腦子都是這樣的疑問。需求與供給，以及由此帶來的商品價值才能決定價格，因此我覺得這種暴漲一定存在原因。難道是市場風險的問題解決了？還是針對加密貨幣又有新的政策了呢？我搜尋相關新聞，但只看到關於這次史無前例的暴漲的報導，沒有詳細的分析內容。我問恩祥姊：

—到底為什麼會突然暴漲呢？市場風險還是老樣子，為什麼偏偏是現在漲？是不是又有新政策了？

恩祥姊推測，加密貨幣的原理並無改變，最初中國和韓國傳出要管制虛擬貨幣市場的傳聞時，的確帶來負面影響，但也因此增大了虛擬貨幣在媒體上的曝光率。從長遠的角度來看，這反倒逆轉了危機。

—天天說虛擬貨幣有很多問題，所以傳出要管制。看吧，妳們都賺大錢了，新聞炒得沸沸揚揚，但這麼一鬧反而讓那些對虛擬貨幣不感興趣的人也關注起這件事。大家一看，這也能賺錢啊？於是都產生了興趣，覺得不如也來投資試試，結果就變成這樣了。

雖然媒體不斷報導虛擬貨幣的負面新聞，但也報導了一夜暴富的特殊例子。正因為這樣，大家才會紛紛想要投資虛擬貨幣。我不是很清楚，但感覺最近不動產和股票市場也不是很景氣，所以資金才會流入虛擬貨幣市場。恩祥姊還補充了一句：

—一切正好趕上了好時機。錢也是有總量的，資金從一邊的市場撤走，勢必會流入另一邊，所以必須留心觀察資金的流動。恩祥姊毅然決然地說：

—從現在開始，我也要睜大眼睛留心觀察。

恩祥姊說，之前因為沒錢，所以沒有留意過資金的走勢，也不知道如何錢滾錢，更不知道錢的屬性是什麼。但是等到賣掉這些虛擬貨幣，把大把現金攥在手裡之後，她也要讓錢滾錢，找到永恆不變的錢的屬性。

—我很好奇這些資金的流向，好想知道原理啊！

看到這則訊息的瞬間，一幅畫面從我的腦海一閃而過：

江恩祥商會生意興隆的時候，熄了燈的辦公室裡，一盞小檯燈下恩祥姊低垂肩膀的奇異背影，以及她從黃金豬的肚子裡掏出一百和五百圓硬幣羅列成排的興奮動作。

我略感毛骨悚然，覺得高喊一定要搞清楚錢的屬性的恩祥姊，就跟卡通裡躲在陰暗潮濕的實驗室裡，瘋狂地做實驗的科學家一樣。但我馬上意識到，自己也和她一樣，而且很慶幸自己能夠成為一隻悄然落在她肩膀上的烏鴉。

小火箭

二〇一七年十二月十二日

1ETH漲到了六十三萬韓圓。我的虛擬貨幣總額變成了一億一千八十二萬韓圓。

為了舉行當日的儀式，我們每天午餐時間都聚在香啡繽的四號車廂。我們先點好各自的飲料和一塊甜甜的蛋糕。之前，蛋糕只是偶爾心情好的時候才會點的特別食物，但如今我們可以不假思索地每天買來吃了。這種不假思索的程度已經到了苦惱不知道該選巧克力慕斯還是紐約起司的時候，乾脆直接買兩塊。拿了飲料和蛋糕之後，我們的儀式便正式開始。恩祥姊先點開iPad的BITGO軟體，把當日以太坊的價格換算成韓圓後截圖，然後點開相薄，把那張截圖放大，讓數字填滿整個畫面，接著再由一個人拿起整個畫面只有數字的iPad，另一個人打開手機相機伸長手臂拍照，最後把照片上傳到群組聊天室。我們圍坐在放了三杯飲料和三、四塊蛋糕的桌子前，把iPad

舉在胸前、放在下巴處或高舉過頭頂的照片越來越多，而且畫面中的數字也越來越大。

二〇一七年十二月十三日

1ETH漲到了七十二萬韓圓。我的虛擬貨幣總額變成了一億兩千四百九十七萬韓圓。

中午我們拍照的時候還是六十九萬韓圓，但到了下午五點又刷新了上限。我難以置信，手不停地抖著，心想不能錯過這個機會，立刻傳了訊息到群組聊天室：

—六樓小會議室Ａ，預約了三十分鐘。

我們偷偷跑到小會議室，快速地拍了一張照片。我舉在頭頂的iPad上寫著「723,250」，照片裡的我們比任何時候都笑得更燦爛。隨著畫面中的數字越來越大，我們的微笑也越來越燦爛。

二〇一七年十二月十八日

1ETH漲到了九十萬韓圓。我的虛擬貨幣總額變成了一億五千六百二十二萬韓圓。

群組聊天室的照片中，除了曲線圖截圖和手持iPad的合影之外，還多了很多刺青圖。

九月的某一天，當我們決定乘著那股西伯利亞西北風再繼續「死守」一段時間以後，大家一致表示如果1ETH漲到一百萬韓圓以上，我們就去刺友誼刺青。雖然大家對刺青沒有意見，但對刺青圖卻意見紛紛。我選了一個帶有陰影的滿月圖案，希望在月亮上用手寫體寫下「To the Moon」；智頌提議在月亮下方的兩端加上兩個蝴蝶結，然後在蝴蝶結的絲帶上加文字；恩祥姊設計的圖案則是沿著滿月的圓周，像月輪一樣反覆寫下「To the Moon」。我和智頌看到恩祥姊的設計，忍不住嘲笑她根本不懂審美。智頌和我覺得可以在彼此的圖案中選一個，但恩祥姊固執己見，堅稱不喜歡我們的設計。如果圖案不統一，便失去了友誼刺青的意義，更何況我們不能無視率領我們走到今天的將軍的意見，所以只好回到原點重新來過。最後，我們更改了設計風格，決定用火箭取代文字圖案，最終圓滿達成協議。

二〇一七年十二月十九日

1ETH漲到了一百萬韓圓。我的虛擬貨幣總額變成了一億七千三百五十七萬韓圓。

二〇一七年十二月二十日

1ETH漲到了一百零二萬韓圓，再次刷新歷史新高。我的虛擬貨幣總額變成了一億七千九百七十八萬韓圓。

我身上留下了一處小而光榮的痕跡——一節手指大小的火箭和一輪滿月。圖案很簡單，但滿月上畫了少許陰影和火山口，一眼便能認出是月亮。下方則是一艘朝向月亮發射的火箭，火箭箭身細長，箭頭圓圓的，箭身上還畫有一扇圓形的小窗戶，箭尾處畫了三束近似熱帶魚魚鰭般的火焰。恩祥姊刺在左手臂的外側，智頌刺在右手腕的內側，我刺在前臂的內側。一個人刺青的時候，其他兩人便捧著iPad一直確認曲線的變動。最後輪到我的時候，價格創下了當日新高。不知道是因為這個原因，還是圖案很小的關係，再不然就是我比想像中更能忍受疼痛。雖然不清楚原因，但在整個刺青的過程中，我一點也不覺得痛，只感覺如同針刺一般，而且我非常地開心。

二〇一七年十二月三十一日

1ETH漲到了一百零三萬韓圓。我的虛擬貨幣總額變成一億八千二百六十一萬韓圓。

一年的最後一天，我首次邀請恩祥姊和智頌來家裡作客。我按下門鎖密碼，剛打開玄關大門，智頌便搶先一步脫下鞋子走了進來。

「哇，好寬敞，我住的地方要是也有這麼寬敞就好了。」

說完她又往前走了幾步。正如我所料，就在她轉頭看向右邊的時候，發出了窒息般的感嘆聲。

「天啊，這裡還有一處空間！」

我靠在臥室入口處，洋洋得意地反覆按著電燈開關，天花板上的小燈泡一閃一閃。恩祥姊把下巴輕放在我伸直的手臂上，探頭看了一眼說：

「真漂亮！」

接著問：

「但是不冷嗎？」

「冷，距離窗戶太近了，所以我掛了雙層的防寒窗簾。」

其實還有一個更大的問題，但我沒有說。事實上，這個多出來的空間地板下面沒有安裝暖器。雖然房間不大，但唯獨走到這裡會感到一股涼颼颼的寒意。這件事也是搬家後過了很長一段時間我才發現的。按照房仲大嬸的建議，這裡的確應該放衣架，或者抽屜收納櫃。但我寧願在寒冷中瑟瑟發抖地入睡，也不想放棄把這裡當成臥室的想法，所以我打算盡快買一張單人電毯。

我點了智頌想吃的新口味披薩，等待外送的時候，我做了三人份的肉丸義大利麵。恩祥姊和智頌從購物袋裡取出喬遷禮物，智頌送了我一瓶紅酒，恩祥姊送了我四隻水晶紅酒杯。看到這麼多杯子，我笑了出來，說：

「等等，我一個人住，妳買四隻杯子做什麼啊？」

「紅酒杯兩隻一組，我們三個人，總不能只買一組吧。今天這種日子，如果一個人用馬克杯喝紅酒，那多破壞氣氛。」

恩祥姊從盒子裡取出紅酒杯，拆開緩衝包裝紙，然後把杯子倒放在桌上，一邊小心翼翼地用指甲撕下商標貼紙，一邊補充說：

「紅酒杯這種東西要多準備幾隻。玻璃薄，很容易碎的。」

恩祥姊話音剛落，便傳來玻璃嘩啦啦摔碎的響聲。智頌拿自己的紅酒杯去洗，結果不小心摔碎了。幸好杯子碎在水槽裡，沒有濺出多少碎片，但為了以防萬一，我還是趕快找出襪子讓她們穿上，然後用吸塵器吸了一遍地面，最後又用地毯清潔滾輪仔細地滾了一遍。就在我和智頌忙手忙腳清理玻璃碎片的時候，穿著馴鹿圖案襪子的恩祥姊盤腿坐在桌子前，把三隻紅酒杯一字排開，喃喃地說：

「我說的沒錯吧？很容易碎的。妳們瞧瞧，一、二、三，三隻紅酒杯。」

恩祥姊看著我們笑著說：

「現在，剛剛好。」

書桌兼餐桌的小桌子上放著隔熱墊，我把剛從烤箱裡取出來的托盤放在上面。撒在義大利麵上的起司烤得剛剛好，我用兩支叉子剖開中間的起司後，裹著番茄醬的義大利麵和肉丸露了出來。我們都不由得流出了口水。恩祥姊熟練地打開紅酒，智頌把紅酒倒入乾淨的杯中。

接下來是舉杯時間。

我們高舉水晶紅酒杯，互相碰了一下。那瞬間，空中傳出了清脆悅耳的鐘聲。我們不約而同地瞪大眼睛，看了彼此一眼。喝第一口紅酒之前，為了再次聽到那清脆的響聲，我們又碰了好幾次杯子，哈哈大笑起來。

喝光紅酒，吃完義大利麵、披薩和沙拉之後，已經接近午夜了。我從冰箱裡取出罐裝啤酒，直接倒進紅酒杯裡。啤酒和杯底的紅酒融匯在一起，呈現出淡粉色。我們決定把iPad架在桌子上，看著以太坊的曲線圖一起跨年倒數。綠色和紅色的小柱子分分秒秒變換著位置，曲線圖就像掛滿了閃爍照明的聖誕樹一般。

十一點五十九分四十九秒，智頌把手機支在窗邊，按下相機的十秒定時器後，迅速跑回已經擺好拍照姿勢的我和恩祥姊之間。

「八、七、六、五、四、三、二、一！新年快樂！」

閃光燈亮了。我們高舉半杯粉紅色的啤酒又碰了一下杯子，狹小的房裡再次響起清脆悅耳的鐘聲。二〇一八年一月一日，新年第一天，戊戌黃狗年。我二十九歲了，1ETH破了一百零五萬韓圓。曲線圖閃閃發光。

年少登高科

二〇一八年一月二日

今年的開年會議，包括社長在內的所有員工都穿上了公司的衛衣T恤。各部門的人穿著不同顏色的衛衣，整齊地坐在椅子上，大家看上去好似按照口味分類的糖球一般，地下禮堂變得五顏六色。印在左胸前和後背的公司標誌的顏色略有不同，部門之間使用相同的底色，但小組之間的圖案和文字則選用不同的顏色。

去年第四季度開始的時候，公司舉辦了創社四十週年紀念T恤攝影比賽。公告指出，T恤款式為衛衣，顏色和圖案可自由設計。各組全體員工穿上訂製的T恤，拍攝「有創意」的團體照上傳到公司網站，獲讚最多的照片可得到公司補助的聚餐費。

看到這種公告，我不禁思考起這種比賽的目的，也許負責人會在企劃案中寫著「振作員工士氣」或是「激發愛公司的心」吧？當然，不參與設計的人拿到新衣服穿在身上，跟穿著同樣衣服的人站在一起的確能振作士氣，但設計和準備衣服的人未必會有相同的感受。而且與工作無關，這種事情通常會落在各小組的菜鳥身上。最後一個進公司的人就是所謂的菜鳥，所以相對的業務量少、時間多，理所當然應該負責這種雜務，但我這組的情況可就不同了。

產品企劃部的幾個小組中，只有我這組連續數年沒有推出過新產品，因此自然沒有招募新人。從我進公司到現在一直都是所謂的「菜鳥」。公司招聘新員工一年比一年少，就算招了新人也不會分配到我們零食組，而是分配給堪稱公司招牌的巧克力組或冰品組。我已經做了五年，不，新年過後就是六年「菜鳥」了。像我這種情況，就是「名義上的菜鳥」，所以既要顧自己負責的工作，又要設計T恤、統計大家的尺碼，以及找地方訂做。

我最大的壓力自然是來自組長提出的要求——把這次參賽的T恤設計成「平時也能穿」的衣服。

「每年搞這種活動、每次開研討會的時候，都要訂做團體T恤，然後穿一次就丟掉，太可惜了！這不僅浪費，也污染環境。」

到此為止，我完全同意他的觀點，但他得出的結論很奇怪。

「這次把衣服設計成平時也能穿的款式如何？平時搭配自己的衣服穿出門也不會覺得不自在。最近不是很流行把自己當天的穿搭拍照上傳，然後在下面加一個『#』字，那叫什麼？」

組長看著我問。

「OOTD主題標籤？」

「嗯，對，就是這個。這是什麼意思啊？」

「『Outfit Of The Day』，今日穿搭的意思。」

「總之，我們也按照那種感覺來拍，如何，是不是很有創意啊？這樣能拿第一吧？」

公司團體服搞什麼OOTD……公司可不希望這樣……搞這種比賽的目的是團結和統一……我隱約明白組長為什麼在公司裡沒有人脈了。

「這種事得交給九〇後吧？」

組長話音剛落，坐在會議室裡的其他組員的視線便都轉向了我。啊，那些熟悉到令人作嘔的表情。他們滿臉期待我能拿出「最近年輕人」獨具一格、凸顯個性、超凡脫俗的某種東西。這些莫名其妙、毫無意義的期待讓我倍感壓力。我是一九九〇年出生，但過完年也三十歲了。然而他們（有幾個人甚至跟我年齡相仿）就像是把「二十代的感覺」、「近期的流行」、「千禧世代的喜好」和「新創意」寄放在我身上似的，需要的時候就逼我交出來。

「多海，妳來準備一下吧。明天上午開週會的時候，大家再一起來討論。要設計成平時也能穿的款式喔，拜託妳了。」

我心情低落，反覆在心底默唸，那種設計……那種事情……是不可能的……組長啊……公司標誌根本不可能融入日常啊……組長沒有意識到這個前提本身就是一個錯誤，他是在矛盾的框架裡要求我完成一項根本不可能的任務。但我又能說什麼呢？他的這種要求用他喜歡的咖啡來舉例的話，就是「請給我一杯熱的冰美式」。

我本來計畫早點下班，但因為要設計團體服只好留在了辦公室。我在空白的PPT畫面上插入T恤圖案，點開調色盤，試了幾個淺色系的顏色，最後插入透明背景色的公司標誌png，唉聲嘆氣地按著鍵盤的上、下、左、右鍵來回移動著位置。

我把滑鼠游標放在標誌的一角，反覆放大縮小著圖案。到底怎麼做才能設計出一件平時也能穿的團體服呢？我點擊滑鼠放大圖案，然後又反方向滑動縮小圖案。縮小……再縮小……直到圖案變成一粒米。公司的標誌應該越小越好吧？乾脆沒有標誌更好。我想不出更好的方法了。真是無解。我現在在做什麼啊？這根本就是不可能的事吧？我要為這種事情加班嗎？

就在這時，當標誌小到不能再小的時候，一個想法從我腦海中一閃而過。果然，天無絕人之路，靈感這種東西真的會在走投無路的時候找上門。看來這就是工作了六年的社畜在危機中的求生技能！我像是被什麼東西吸引住了似的，快速地敲打鍵盤填滿了ＰＰＴ畫面。

第二天週會快要結束的時候，組長突然說：

「對了，我們最後來看一下團體服的設計吧？」

我把會議室大螢幕的傳輸線插在筆電上，點開昨天製作的ＰＰＴ。

「首先，我設計了這件奶油白色的衛衣T恤。」

說到這裡，我環視一圈在座人的表情。大家沒有流露不滿。

「然後在左胸上以刺繡加入創社四十週年的標誌。標誌有這麼大。」

我用拇指和食指圈出一個圓展示給大家看。不知道大家是滿意，還是自動開啟了單純的與會模式，每個人都緩慢地點了點頭。

「這個刺繡會選用白色的線。」

「嗯？」

組長眨了一下眼睛，發出我沒聽懂的怪聲。我點擊下一頁，準備進行詳細說明。

「雖然刺繡比一般印刷的價格高一些，但……」

組長立刻打斷我的話說：

「白色衣服上又加白色的標誌？」

「底色是奶油白，雖然都是白色系，但刺繡是更亮一些的象牙白，因為材質不同，所以……」

「不是，無論什麼材質，妳的意思是在白色的布上刺白色的線啊。」

「……是的。」

「那能看出什麼來啊？」

你不是不要看出公司的標誌嗎？不是平時也想穿出門嗎？算了，還是不要反駁了。我已經意識到這個方向錯了。明明昨天晚上我想出的是突破難關、如同一道曙光般的創意性設計，但現在看來並非如此。面對很不滿意的組長，我又能說什麼呢？我等待著時間快點過去，盼著預訂這間會議室的另一個小組趕快來敲門。

「底色和圖案一樣顏色，怎麼能看出是公司的標誌呢？」

組長再次追問。

「難道要拉近來看嗎？」

我抑制住情緒，想像著用滑鼠把組長拉進電腦桌面的垃圾桶。

嚓——！

咯嚓——！

一週後，公司又發佈新公告，取消了原定的計畫，改由公司統一設計、訂製、分發。看到新公告，也許各小組的負責人都在拍手叫好。我這組分到的團體服是代表公司的黃色，上面印著組長選的紅色標誌。就這樣，我又多了一件這輩子都不會穿出門的衣服，又給地球增添了一份垃圾。小組的人穿上團體服拍照上傳後，自然也沒有拿到第一名。

開年會議結束後，組長把我叫到一旁。

「還是年輕人適合穿黃色啊。」

我尷尬地笑了笑。

「我們組也搞一次新年聚餐吧。日子選在這個月月底或者下個月月初，上次去的那間烤五花肉店不錯吧？妳問問大家的時間，選好日子訂一下餐廳。」

組長流露出很遺憾的表情假惺惺地說，要是拿了第一名，領到獎金就可以去吃烤牛肉了。但我知道他根本不會去吃烤牛肉，就算全組人去吃烤牛肉也不會超出聚餐預算，但他總是看室長的眼色，並且確保我們小組在產品企劃部花費最少金額的聚餐費。總而言之，他就是一個不願意一馬當先的人。

「對了，我突然有一個問題想問妳……」

組長遲疑了一下，轉換了話題。「對了」和「突然」這兩個詞都講得很不自然，從他假惺惺的口吻中，我預感到他單獨把我叫到一旁不是為了聚餐的事，而是另有原因。究竟是什麼事呢？

「多海，妳……會投資虛擬貨幣嗎？」

雖然我已經預想到他有別的事要講，但這個出乎預料的問題，還是讓我一時之間慌張了起來。我不想告訴他詳情，所以含糊其辭地說之前投資過。

「怎麼投資啊？妳能教教我嗎？」

「那個……要先下載一個軟體。」

我接過組長遞出的手機，點開線上商店打算幫他下載BITGO軟體，但他的手機很長一段時間都沒有更新作業系統，所以根本無法下載。

「您的手機不能下載。」

「為什麼？」

「我先幫您更新一下作業系統，可以嗎？」

「嗯，只要能投資虛擬貨幣就行。」

「以後最好設定成自動更新喔。」

「唉，我真的懶得做這種事，太麻煩了。」

我沒再多說什麼，安靜地做著眼下該做的事。我先幫組長的手機更新成最新的作業系統，下載好BITGO軟體，讓他註冊了帳戶，最後在他破舊的筆記本上用數字、文字和畫圖告訴他開設虛擬帳戶前應該做的事情。做完這些事之後，我才走出會議室。

這時候，我覺得彷彿接收到了一個重要的訊號。

回到座位後，我趕快點開B03群組聊天室傳了訊息：

—我覺得是時候了。

智頌先回覆了我：

—什麼意思？

—是時候全部賣掉了。

不一會兒，恩祥姊回答說：

—其實我也覺得是時候了。

＊

你們聽說了嗎？採購組的江恩祥要離開公司了。

之前在座位上賣東西的那個人？

嗯。人還沒走，但聽說已經遞辭呈了。交接工作需要一個月左右的時間，然後就走人。

採購組的工作不是都由她一個人負責的嗎？

是啊，所以公司才急著找人呢。

我還有文件要找她簽字呢，看來換負責人之前得抓緊時間了。

話說，妳不覺得那個人有點可怕嗎？

是啊，表情超可怕，講話的口氣也很生硬。

真可笑，我還是第一次遇到那麼愛裝腔作勢的人，我們又不是拿她的錢買東西。

上次我怕麻煩，隨聲附和了幾句，瞧她那態度，還以為自己真的掌管公司財庫呢！

在公司待久了，還真當自己是元老了。

我聽他們組一起進公司的人說，她本來就不善與人交流，連午餐也幾乎不跟其他人一起吃。

我也看到了。她跟會計組的「OO」一起吃的吧？

但話說回來，她做事可比之前的人好多了。

那倒是。

那樣不懂變通的人竟然會在辦公室裡擺攤賣東西，我真是嚇到了。

賣東西的時候態度也很差。

沒錯。我跟她買過不少東西，有一次賒了兩千五百韓圓的帳，結果她每三個小時就寫郵件催我匯錢。氣死我了，之後我就不跟她買東西了。

跟人力資源部告發她的人該不會是妳吧？

不是我。

那會是誰呢？那時候買東西的確滿方便的。

是啊，連ＯＫ繃和除臭劑都有。

你們知道她要去哪裡嗎？

聽說不是換工作，是乾脆不工作了。

我聽說她投資虛擬貨幣賺了不少錢，所以辭職的。

沒錯，沒錯。

天啊。

我也聽說了。聽說她投資賺了幾十億，還在江南買樓，開瑪莎拉蒂。

天啊，太厲害了吧。

好羨慕喔。

哇，真好。

唉，該死的。買樂透有什麼用，我們也應該用那筆錢買比特幣。

現在買不會太晚吧？

喂，朴代理！

是，組長。

我舉杯說幾句話。那邊那桌怎麼那麼吵啊？來，杯裡沒酒的，趕快倒滿。喂，尹科長的杯子空了。喂、喂，剩下的喝光再倒嘛。朴代理，妳幫他倒一杯。好了，來，大家杯子都滿了吧？來，去年一年辛苦大家了，今年我們也要好好幹。為了零食組新的一年，乾杯！

乾杯！

話說回來，剛才那邊那桌在說江恩祥的事吧？我也聽說了……說實話，有什麼好羨慕的？你們以為那真是好事嗎？以為那樣就衣食無憂了？仔細想想，那其實不是什麼好事。中國宋朝的哲學家程頤說過這麼一句話，人有三不幸：年少登高科，一不幸；襲父母之勢為美官，二不幸；有高才能文章，三不幸也。先說說這「有高才能文章」吧。天生有才的人無論做什麼都能力出眾，這種人會怎麼樣呢？肯定是做什麼都不努力。再有才華也都是有限的，早晚有一天會黔驢技窮，過於自信的人，最後都沒什麼好結果。「襲父母之勢為美官」，你們知道這是什麼意思嗎？簡單地說，就是父母、兄弟姊妹有錢有勢不是什麼好事。過於依賴父母的財力和勢力，自己沒有成功的經驗，自然不會有想要努力的欲望，只會一直安於現狀。這種人不求上進，早晚會被社會淘汰。最後一個不幸是什麼？啊，「年少登高科」。程頤說這是最不幸的一件事。年紀輕輕就金榜題名、出人頭地，都還沒體驗過人生，人就變得傲慢了。看似幸福，其實是一條通往不幸的捷徑。江恩祥那個年紀就賺了幾十億？這就相當於那個年代的「年少登高科」。如果這件事是真的，那麼年輕不付出努力就賺了那麼一大筆錢，從我這個過來人的立場來看，可不是什麼好事。她可得小心點，周圍誘惑那麼多，肯定會有很多人想去騙她的錢財。所以說，上天早注定了每個人每個年齡應該經歷些什麼。她多大啊？三十？唉……正是多學習、多積攢人脈和經驗的好時候。對了，多海，妳吃驚什麼啊？妳和她不是走得很近嗎？天天中午跟她一起出去吃飯。妳們是好朋友吧？妳得多勸勸她，凡事不要輕舉妄動，一定要好好勸勸她喔。最近的年輕人膽大妄為，做事都不考慮後果，真夠教人擔憂的。多海啊！妳幹嘛？把手放在頭上做什麼……搞什麼？幹嘛突然磕頭啊？感謝我講了這麼多肺腑之言嗎？哎唷，不至於吧。我身為人生的前輩，多指點你們是應該的。她……這是醉了吧？喂，你們誰把她灌醉的？喂，多海！鄭多海！搞什麼？她磕個頭就睡著了？

第三部

달까지 가자

浪息與寂靜

二〇一八年一月三日

1ETH漲到了一百三十一萬韓圓。就在前一天，我們判斷曲線圖已經漲到頂了，如果超過一百三十萬韓圓就毫不猶豫全部賣出。我們之所以把目標定在一百三十萬韓圓，是因為覺得這是一個遙不可期的數字，但沒想到一夜之間竟然就超過了這個臨界點。我們再次體會到，變化沒有計畫快，人很難按照計畫行動。恩祥姊說：「這種上漲速度非比尋常」、「感覺這是史無前例的暴漲徵兆」、「這勢頭應該可以漲到一百五十萬韓圓」。她要我們相信她的預感，畢竟自己在這種浪尖上衝了一年多的浪，並提議過一段時間再賣。就算恩祥姊不說，我也打算這麼做。不是有句話說：低點時入場，高點時退場嗎？我覺得現在還不是高點。我們都還沒來得及幻想高點，高點就來了，所以說這不算是真正的高點。高點一定會氣勢洶湧澎湃，帶來更大的驚喜。我和智頌決定相信恩祥姊。

二〇一八年一月四日

IETH突破了一百五十萬韓圓。雖然這正中了恩祥姊的預測，但包括她本人在內，誰也沒有想到不到一天的時間就突破了一百五十萬韓圓。下班後，我們匆忙地聚在香啡繽四號車廂。

「現在是不是真的該賣了？」

智頌聽我這麼一說，突然抽泣起來。

「太委屈了。」

智頌用中指輕拍著眼淚滑過的臉頰，帶著哭腔說：

「我知道這種情況說委屈很不合適，但我就是覺得委屈、憤怒、心裡不舒服。」

「對誰啊？」

「我也不知道。」

雖然智頌說這種情緒與現況不符，但我很理解她的委屈。去年我賺了三千多萬韓圓，恩祥姊提議就此收手的時候，我也和智頌一樣覺得很委屈。甚至現在也是如此，卻說不清這種情緒與混亂是衝著誰去的。

「說實話，妳們都賺夠了，但我才剛開始啊。現在漲了不少，我知道期待它繼續漲的確很貪心。我也知道應該要像炒股一樣，漲的時候賣，跌的時候買……但我就是不甘心。恩祥姊，妳真的覺得不會再繼續漲了嗎？一點也不會了嗎？不，必須再漲一點。妳們也知道我需要錢。就算現在創業，僅靠現在的薪水根本不夠啊。」

「我知道。」

恩祥姊說。

「說實話，就此收手我也覺得不甘心。」

恩祥姊這麼說是為了安慰智頌，還是出自真心呢？應該是真心。因為她接著說：

「我也不想現在就賣掉，那我們再堅持看看吧。這種勢頭應該還會繼續漲。到時候……我們就賣掉。」

二〇一八年一月七日

1ETH突破一百七十萬韓圓的時候，聚在一起的我們幾乎快要把額頭貼在一起了。我先開口說：

「說實話，我現在有點害怕。」

「但還是不想賣，是不是？」

恩祥姊問，智頌和我都點了點頭。

「那我們這次乾脆定出一個出售價，漲到那個價格的時候就自動賣掉，在此之前就堅持下去？」

智頌問了句：「多少？」

恩祥姊的視線暫時停留在手中的曲線圖上。

「湊個整數。」

說著，恩祥姊做出「耶」的手勢，補充道：

「兩百萬，到時候就賣掉，怎麼樣？」

「同意。」

智頌沒有做出反應。

「妳還不想賣？」

「……我也同意。」

恩祥姊把兩根手指在我眼前晃了一下，又在智頌眼前晃了一下。

二〇一八年一月八日

1ETH漲到了兩百萬韓圓。我在BITGO軟體上設定自動出售還不到十個小時就突破了兩百萬韓圓。我的虛擬貨幣換算成韓圓顯示了出來，隨後匯入我設定的銀行帳戶。整個過程絲毫沒有真實感。曲線突破了兩百萬韓圓，仍在持續上漲中。

二〇一八年一月九日

1ETH漲到了兩百一十九萬韓圓。一大早，恩祥姊便在聊天室裡抱怨：

—啊，早知道就應該再堅持一下！

智頌過了半天回覆說：

—那個……其實，我還沒賣。

—什麼？我們不是一起設定兩百萬韓圓的時候就要全部賣出嗎？

—我本來也是這麼想的……但妳們都賺夠了……我覺得就算承擔風險也應該要再多賺一點。

我心想，好傢伙，真是有膽量啊！看著還在持續上漲的曲線，我真是羨慕死智頌了。同時，我也很驚訝自己會產生這樣的想法。

二〇一八年一月十日

1ETH漲到兩百三十八萬韓圓的瞬間，群組聊天室出現了如懸崖峭壁般的曲線圖和恩祥姊的訊息。

—智頌，妳還沒賣嗎？

—恩祥姊……我好緊張……剛才都賣了。

—多少賣的？

—兩百三十七萬。

—做得好。

—做得漂亮。

這則訊息之後，聊天室安靜了下來。

沉默持續了很長一段時間。

直到第三天，大家仍保持著沉默。新年之後的整整十天，除了睡覺以外，不分晝夜全天響著的訊息提示窗安靜了。不斷上傳的曲線、數字和咒語也都停止了。喧囂的欲望之雨就此停止。

我們像是爬到高而險峻的山頂後喘著粗氣，也像是僅憑一艘獨木舟乘風破浪後好不容易抵達岸邊一樣，從此起彼伏的曲線圖回到地面後，這才感到頭暈目眩。

最終——

智頌賺了兩億四千萬韓圓。

我賺了三億兩千萬韓圓。

恩祥姊賺了三十三億韓圓。

這一切都是從二〇一七年五月到二〇一八年一月，僅八個月的時間裡發生的事情。

如絲般飄向枝頭

二〇一八年三月十七日

據說之前在座位上賣雜貨的採購組的江恩祥投資比特幣賺了大錢，她在江南買了樓，還開著瑪莎拉蒂。

關於即將離職的恩祥姊的傳聞逐一細看，雖然不是無中生有，但事實並非全然如此。

首先，恩祥姊賺了大錢是事實，但她不是投資比特幣，而是以太坊。此外，她沒有在江南買樓，而是在聖水洞買了一棟五層的小公寓，搖身一變成了房東。當我聽說那麼大一筆錢只能買一棟五層「小公寓」的時候，著實嚇了一跳。其次是，恩祥姊沒有買瑪莎拉蒂，但她最近確實有打算買車，正在BMW、賓士和瑪莎拉蒂之間舉棋不定。大概是因為上週末有人在瑪莎拉蒂的車展上看到拿著宣傳單的恩祥姊，才會傳出這種傳聞。但嚴格來講，她還沒有買車，所以更不是「開著」瑪莎拉蒂。

—大家編造了一堆有的沒的傳聞，還有人說親眼看到妳買車了。

—可能是有人看到我在試車吧。

—試車？

—嗯，事前申請的話，就可以試車。妳們要不要一起去看看？

這就是我們三個人在賓士車展門口見面的原因。雖然我也想過要買車，但眼下還沒有這個打算，更何況我連作夢也沒想過要買那麼貴的進口車。我只是想來跟恩祥姊試試車……感受一下春天的氣息……雖然藉口很多，但其實跟恩祥姊約見面的最大原因是我想念她了。整整五年，按照年份來算的話，六年的時間裡，我每天都能在公司遇到恩祥姊，但最近已經有十天沒見到她了。恩祥姊還沒離開公司，聽說不久前工作交接得差不多了，所以她打算把剩下的年假都用掉。下週五才是她正式離職的日子，所以她打算最後一天進公司把員工證和筆電還回去。

好久不見的恩祥姊臉色明顯比之前好很多，最重要的是，看起來很有生機。她的瞳孔散發著清澈的光芒，眼神和嘴型，該怎麼說好呢？看上去很舒服，甚至讓人覺得清爽宜人。從整體來看，皮膚也變得光澤透亮，簡直和之前判若兩人。彷彿有人把兩根手指插進蜂蜜後，抹在了她臉上一樣，從太陽穴到顴骨的斜線閃著一道長長的亮光，雖然天花板的照明正射向恩祥姊所站的位置……但即使如此……不知為何她側臉上的光一點也不像是照明反射出來的。那是不同的光，不是反射，而是發光。正如字面上的意思，恩祥姊的臉彷彿自帶照明，從裡向外滲出光澤一般。

都說辭職是上班族最好的補藥，看來這話一點不假。恩祥姊還沒徹底離開公司，只是準備離開公司而已，氣色就變得這麼好了。我邊思考著這件事，邊朝恩祥姊走去。恩祥姊看到我便開口說：

「天啊，幾天不見妳氣色變得這麼好？」

「我嗎？」

「是啊，瞧瞧妳這皮膚油光閃閃的。」

就在這時，還沒等我反應，只見智頌推著旋轉門走進來。她走到我們面前，我和恩祥姊不約而同地說：

「瞧瞧她的氣色多好。」

我們相識以來最光彩奪目、最健康的臉上綻放著笑容。真是奇怪，其實我和智頌並沒有什麼改變。雖然恩祥姊辭職了，但我和智頌還留在公司，今年評分依舊還是「普通」，而且依然住在五坪、六坪和九坪的單人房。我們在公司的餐廳吃飯，偶爾去吃全州豆芽湯飯、附帶烏龍麵的炸豬排套餐、無限量提供泡麵的泡菜湯，偶爾也會買蛋糕或滾滿白糖的熱狗棒。但是自從二〇一八年一月八日以後，我們生活的世界徹底發生了整體性的變化。這種巨大的變化如同我們三人臉上來歷不明的光澤一般，很難用三言兩語解釋清楚。

「我們進去吧？」

有過幾次經驗的恩祥姊昂首挺胸地領頭走進展廳，西裝筆挺的經銷商立刻朝我們走過來。漸漸走近我們的經銷商的表情彷彿在說：「這幾個小孩跑來這裡做什麼？」他應該是覺得我們沒有能力買車吧？又或者真當我們是來這裡看熱鬧的小孩？

恩祥姊跟經銷商說她打算買車，我和智頌則害羞地環視一圈展廳。經銷商看著我們三人之中最自然的恩祥姊問：

「您有中意的車款嗎？」

「我想先看看 C-Class 系列。」

「您真有眼光，我們也覺得女性開C-Class系列就足夠了。」

聽到這句話，我和智頌反射般的瞄了一眼恩祥姊。果不其然，我們看到恩祥姊翻了一個白眼。

「不，我搞錯了。我想看CLS和E-Class系列，S-Class系列也打算看一下。」

接著恩祥姊說出令我和智頌大吃一驚的話：

「我們三個人都打算買車。」

經銷商以為自己聽錯了，豎起耳朵反問：

「什麼？三位……都打算買車嗎？」

「是啊，我們都打算買，她們也打算買E-Class以上的車款。是吧？」

恩祥姊輪流看著我和智頌的眼睛說。由於她的目光過於強烈，我和智頌下意識地點了點頭。

我和智頌對恩祥姊這樣講的理由似懂非懂，但情急之下只好裝成打算買車。我們對這種高級轎車一無所知，只能看著恩祥姊的一舉一動做出反應。恩祥姊發出「哇」的感歎聲時，我們便隨聲附和一聲「喔」；恩祥姊說「這輛不錯」的話，我們就回應「很好」；恩祥姊撫摸車身與內裝時問「這輛車很不錯吧？」，我們便看著那輛車狂點頭。跟在我們身邊不停地講解各種新增性能和配件的經銷商問了一個問題，但不知道他是在問誰（也許是同時問我們三人）。

「不好意思，請問您是做生意的嗎？」

恩祥姊作為代表回答：

「不是。」

「啊，這樣啊。」

這段對話結束後，經銷商像是嘴裡含著什麼似的，嘴唇微微地動了幾下。看到經銷商的反應，恩祥姊收回落在他嘴唇上的視線，自言自語地嘟囔一句：

「看來你很好奇啊。」

「嗯？」

經銷商反應。恩祥姊再次說：

「我看你非常好奇我們是做什麼的。」

「哈哈，被您說中了，我確實很好奇。」

恩祥姊用食指摸了一下賓士E-Class Exclusive車蓋上的標誌。

「我們只是上班族。」

「是喔？看來是在很好的公司上班囉。」

「這世上哪有好公司。」

「哈哈，說的也是。三位請先在這邊坐一下。」

因為只有恩祥姊預約試車，所以經銷商要去確認一下是否可以幫我和智頌追加兩個名額，以及我們隨便選出的車款的出庫時間。我們各自佔了一個矮玻璃桌前的懶骨頭沙發，經銷商把放在桌角的零食籃拉到我們面前說：

「請吃點零食吧。」

天啊，那籃子裡迷你小包裝的巧克力棒正是我們公司的暢銷產品，毫不誇張地說，這些巧克力棒就擔負著發放我們薪水的責任。巧克力棒根據重量和包裝分為好幾款，其中一口吃的迷你小包裝銷售得最好。我們看著黃色包裝紙上熟悉的瑪龍製菓的標誌，露出了苦笑。經銷商察覺到氣氛不對，反問：

「怎麼，三位不喜歡吃巧克力棒嗎？」

智頌擺了擺手說：

「不，不是不喜歡。」

不知為何，我們爭先恐後地說：

「世上哪有不喜歡吃巧克力棒的人呢。」

「說實話，巧克力零食裡面巧克力棒最好吃了。」

「那是當然了。」

「你不必在意。」

我們就像是要證明似的，每個人拿起一根巧克力棒，撕開包裝後把巧克力棒塞進了嘴裡。咬碎表面硬硬的黑巧克力之後，略為黏稠的牛奶巧克力在嘴裡擴散開來，接著嚼到了香甜的堅果顆粒。

經銷商離開後，我趕快把懶骨頭沙發拉到恩祥姊身邊，扯著她的袖子說：

「妳搞什麼？我們又沒說要買車，只是跟著妳來看熱鬧而已。」

「裝裝樣子就好了，反正我也不會在這裡買。」

智頌似乎早有預料，噗哧笑了出來，搖了搖頭。我回頭看了一眼經銷商消失的方向，確認他還沒走回來，趕快靠近恩祥姊耳邊催促地問：

「為什麼要做這種沒意義的事呢？最近不上班，精力旺盛是吧？既然不買，那就走吧。」

恩祥姊不耐煩地說：

「那個人說了我最討厭的話。」

「什麼話？」

「他說我開這種車就足夠了。足夠了，我最討厭這句話。」

果然是因為這句話。恩祥姊壓低聲音說，她覺得講這種話的人都是門縫裡看人，其實他們都省略了一句話——「雖然我不是……」雖然我不是，但對你而言，這就足夠了，所以你要懂得感恩。恩祥姊還告誡我們要多留意講這種話的人，看看他們是不是真如自己所講的那樣。

「不如趁今天，妳和智頌也買輛賓士吧！」

恩祥姊今天是怎麼了，怎麼這麼失控？

「妳開什麼玩笑，我們哪有錢買車？再說連停車的地方也沒有。」

「反正妳們也要搬家不是嗎？最近在看房子吧？」

「離搬家還遠著呢。」

恩祥姊用門牙咬住巧克力包裝紙的一端，再用手拉著另一端撕開了包裝。

「妳以為現在買就能直接開回家啊？反正還要等很久的。」

「是喔？可是……」

「一起買吧。如果是停車的問題，在家附近買月停車券不就好了。不行的話，就來停我那棟樓的停車場。」

直到那時，我還當恩祥姊是在信口開河。

然而一個月後，我和智頌都以五年分期貸款各買了一輛小型SUV。雖然跟恩祥姊的賓士E-Class相比不算什麼，但已經遠遠超過了我們的年薪。真不知道這種選擇應該稱為勇氣，還是衝動。我選了雪白色，智頌選了海藍色，而且都附帶全景天窗，美極了。

拿到車鑰匙的當天，我買了一個毛球鑰匙圈拴在上面。雖然恩祥姊嫌棄毛球鑰匙圈不好看，但我還是很喜歡。淡粉色的毛球閃著微微的光亮，蓬鬆的質感如同棉花糖一般，彷彿放進口中還會散發出甜甜的草莓味。

因為這個毛球鑰匙圈，我最近總會想起小時候常常在學校門口買棉花糖吃的事。每週三放學，我都會看到那輛後座上綁著大鐵桶、散發著甜甜香氣的機車。大叔彷彿把天上的雲朵裝進半透明的塑膠袋掛在車上，五顏六色的棉花糖像是可以飄上天空一般。

每週三，同班同學的手裡都會拿著剛做好的粉紅色棉花糖，然而我只能默默地站在那輛紫紅色的機車前。機器引擎發出嗡嗡作響的聲音，大叔會把五顏六色的粉末用湯匙送入大鐵桶的洞孔中，隨即一縷一縷的糖絲出現在鐵桶內壁，接著大叔以嫻熟的動作很快便做好一個圓圓的棉花糖。但那棉花糖不是我的，慷慨大方的朋友接過棉花糖，送進自己嘴裡之前，會先揪下一塊塞進直勾勾地盯著棉花糖的我的嘴裡。軟綿綿的棉花糖入口即化，但初次感受到的特有的軟綿質感和香甜味道卻沒有輕易消失。

朋友拿著屬於自己的棉花糖離開後，我只能默默地守在原地。我徘徊在同時發出嘈雜噪音和誘人香氣的機車前，望著花白的頭頂戴著棒球帽、雙手忙著做棉花糖的大叔和幾乎貼在鐵桶周圍的孩子們。直到高學年的學長姊也蜂擁而至，我仍站在原地等待或許還能再吃上一口的機會，再體驗一次那柔軟的口感和入口即化的香甜……

我看到一縷藉助離心力飄在空中的棉花糖，迅速跳起來一把抓住，塞進了嘴裡。周圍的孩子看著我，發出噓聲和叫喊聲。跟我一樣買不起棉花糖的孩子也圍了上來，爭先恐後地跳起來爭搶飄在空中的棉花糖。大叔氣得揮舞手中的木筷子大喊：「你們這些小鬼給我滾開。」每當這時，我們都會哈哈大笑地逃走，一窩蜂地跑回學校的運動場。但是沒過多久，又悄悄地圍到機車前樂此不疲地爭搶起棉花糖。我混在人群中，下個星期、下下個星期也會去搶飄在空中的棉花糖，因為棉花糖真的太鬆軟、太甜美了，因為那種香甜實在讓人無法忘懷。

錢去了哪裡呢？

二〇一八年五月三十日

至今為止提到江陵，我只會想到鏡浦臺，沒想到江陵竟成了咖啡的聖地。除了我，好像全世界的人都知道這件事了。大家都是怎麼知道的呢？我突然覺得自己有太多不知道的事情，甚至從未察覺到這件事。我連哪裡有什麼，自己喜歡什麼都不知道。

我、恩祥姊和智頌沒有坐在公司附近的香啡繽車廂裡，而是坐在可以瞭望到東海的窗邊，古香古色的杯子裡裝滿剛剛沖好的手沖咖啡，香醇的氣味撲鼻而來。聽說這間咖啡店的老闆是咖啡匠人的徒弟，之後也教出了很多徒弟。恩祥姊用手指勾住手把端起杯子，剛要送到嘴邊的時候突然想到了什麼又放下了。

「對了，不久前東俊打電話給我。」

雖然我知道東俊是誰，但還是難以置信地反問一句：

「真假，那個牙科大學的？」

「嗯，就是他。」

智頌皺起眉頭，說：

「他臉皮也太厚了吧。」

「可能是聽說我買樓了吧。」

恩祥姊說完，苦笑了一聲。

「你們見面了？」

「嗯。」

「睡了？」

「嗯。」

「唉……」

智頌低聲嘆了口氣，我又追問：

「他真是因為妳買樓所以才聯絡妳的？」

「是啊，起初我也沒想那麼多，但幾杯酒下肚之後……他酒後吐真言，真是教我大開眼界。」

「他說了什麼？」

「他說都是自己的錯，給我帶來那麼大的傷害，後來才覺得不能沒有我。到此為止，我已經猜到他的臺詞了。但他突然又說，等以後通過國考，結婚後就住在我那棟樓的頂樓，然後他在樓下開一間牙醫診所，我們就能過上幸福甜美的生活……」

這些話聽得我都覺得不好意思。智頌捧腹大笑說：

「也太直接了吧，他這是想一石二鳥，一次解決婚房和診所才聯絡妳的。」

畢竟是前男友，恩祥姊略微袒護地說：

「他那人不會拐彎抹角，什麼事都瞞不住，所以以前才剛偷吃就被抓包了。」

恩祥姊真是想得開，我問她：

「為什麼跟他睡啊？」

「我們不是交往很久了嘛。」

恩祥姊說，這就跟習慣一樣，還說畢竟那麼久沒做了，所以無需努力且有機會的時候就做了。尋覓新的交往對象，或是透過別人介紹認識的人，都需要時間慢慢了解彼此，逐漸確立彼此的壟斷與排他關係，進而夢想共同的未來，這樣的戀愛過程太繁瑣、太麻煩了。況且，到頭來還不是一場空，所以恩祥姊不想談新戀情。她還反問我們，最近奇怪的傢伙那麼多，誰敢隨便找個人談戀愛？正因為是東俊，因為彼此了解，所以就睡了。雖然也不能保證東俊不危險，但畢竟機率很低。

「因為交往太久，太熟悉彼此了……該怎麼說好呢，有點像是家人的感覺……」

氣呼呼的智頌打斷恩祥姊的話，說：

「所以妳打算跟他成為一家人嗎？把房子也讓給他？」

「我瘋了嗎？我跟他就到此為止而已！」

恩祥姊試著轉移話題，問智頌說：

「妳呢？想好要做什麼生意了嗎？」

智頌打算辭職的事公司還不知道，她為了準備創業，週末都在馬不停蹄地進行市場和資料調查，還利用下班後的時間，甚至有時連午飯都不吃。智頌打算等一切準備就緒，心理準備也做好之後就提交辭呈，目標暫定在今年年底。上次聽她說打算做進口食品的生意，看來恩祥姊是想聽聽她的創業計畫。智頌聽到恩祥姊這麼問，雙眼開始閃閃發光了。

「首先，我打算從臺灣進口黑糖。」

「黑糖？」

「黑糖是什麼？黑色的砂糖？」

「差不多。」

「為什麼？韓國也有吧？我好像在超市見過。」

「超市賣的跟臺灣黑糖不一樣，味道本身就不同，臺灣黑糖真的很好吃。」

此外，智頌還打算在韓國創辦首家黑糖奶茶飲料店，也就是說，同時進行黑糖奶茶和原料進口的生意。因為韓國的消費者還不熟悉黑糖，所以同時引進以使用黑糖為代表性的甜品飲料，這樣一來，一邊經營黑糖奶茶飲料店，一邊打通黑糖銷售據點、奠定基礎，等日後黑糖需求量增加、用途變廣之後，智頌便有望成為最快供貨的供給商……我越聽越覺得不安，那麼多種可能性，智頌又在假設最完美的情況了，這就像之前她假設自己不會錯過每三十分鐘一班的地鐵快線一樣。她怎麼會那麼天真地相信自己可以引領一個國家的甜品文化呢？再說，開飲料店所需的資金遠遠超過她的現有財產，這不是盲目投資嗎？因為我知道智頌賭上了自己的一切、承擔巨大的風險才賺到了那些錢，所以不希望她這麼魯莽，我是真心為她擔心，於是小心翼翼地問：

「智頌啊……雖然不知道黑糖是什麼，但臺灣奶茶飲料店不是已經很多了嗎？光是連鎖店就好幾家品牌了，到處都是奶茶飲料店，幾乎處在飽和狀態。不要說首爾了，就連牙山那種小地方也開了好多家呢。」

「姊。」

智頌用略帶不滿的語氣說：

「黑糖奶茶和一般的奶茶完全不同，妳沒喝過黑糖奶茶吧？」

我點了點頭。

「沒喝過，就不要講這種話。」

智頌說，那可是好喝到嚐一口都會暈倒的滋味。恩祥姊還用手機搜尋了黑糖奶茶的照片。

「原來長這樣啊，跟透明的巧克力似的。」

智頌因為偉霖去過幾次臺北，她說每天至少要喝上三杯，黑糖奶茶好喝到讓她覺得就算以後和偉霖分手了，也會因為黑糖奶茶而常去臺灣。黑糖不僅適用於奶茶，加入咖啡也很好喝，還有黑糖果凍也很好吃。黑糖加入任何食材都很好吃。有別於我的疑慮，恩祥姊的看法似乎很積極：

「我在Instagram上搜尋了一下，韓國觀光客寫了不少品嚐黑糖奶茶的心得。感覺不錯耶。說不定以後還能和瑪龍製菓合作，在我們的巧克力棒裡加入黑糖，再出一款黑糖巧克力棒。公司不是有很多款嗎，共幾款？」

「七款。」

我下意識地回答。啜了一口咖啡的恩祥姊皺了一下眉頭，說：

「這咖啡味道是怎麼回事？」

恩祥姊又啜了一口。

「焦味也太重了吧。我選的是帶酸味的咖啡豆啊。」

我和智頌也啜了一口杯裡的咖啡。

「味道好奇怪。」

「是啊。」

「我的也是。」

我們端著咖啡來到櫃檯，說咖啡的味道很奇怪，看似老闆的人把鼻子湊近咖啡聞了一下，接著轉過頭對某人說：

「大永，這咖啡是你沖的吧？」

大永？好耳熟的名字。就在那個把圍裙繫在腰間，略顯駝背的男人轉過頭時，我才意識到這個名字就是每天我在公司裡遇到的那個人的名字。

「組長。」

那人轉過頭，我反射般的喊出了那個稱呼。

「嗯？多海？」

「您在這裡做什麼？」

聽到我的疑問，組長猶豫不決地說，他利用週末來學點東西。「學點東西？」無論是誰，一眼就能看出他是在學沖咖啡。週末跑來江陵學沖咖啡？原來組長天天把咖啡、咖啡豆掛在嘴邊是有原因的。誰都不想週末遇到職場主管，更不要說是在這種地方。眼下……情況十分尷尬，就在我不知所措的時候，恩祥姊拽了一下我的手臂。一頭霧水的老闆問：

「我重新幫妳們沖一杯吧。」

「算了，不必了。」

恩祥姊用眼神暗示我們，跟著說：

「我們走吧。」

走出咖啡廳，智頌歪著頭不解地問：

「他學沖咖啡做什麼？」

「是啊，感覺一點天賦也沒有。」

恩祥姊的嘴裡似乎還留著咖啡的苦澀，她咂了一下嘴說：

「應該是要準備另謀生路吧。妳們沒聽說公司要重組的傳聞嗎？」

「什麼傳聞？」

「不是說零食組和派組要合併成一組嗎？像妳這種組員不必擔心有什麼變動，但一個組總不能有兩個組長吧？最後只能讓一個組長繼續留任，這不就等於是要另一個回家嗎？如果是妳的話，妳會讓誰回家？」

雖然我沒有回答，但很明顯要回家的人是我這組的組長。我跟在恩祥姊和智頌身後，突然想要確認什麼，於是回頭看了一眼。只見透過玻璃窗，組長正笨手笨腳地從櫥櫃上取下東西。我也不知道當時自己為什麼要那麼做，我面向咖啡店，雙手合十放在胸前，垂下頭閉上了眼，稍後才睜開眼，快步追上恩祥姊和智頌。如同海浪顏色的三輛車並排停靠在前方。

*

晚春溫暖的陽光灑在手臂上，天空飄著白得耀眼的雲朵。雲朵不是靜止的，而是緩慢移動著。那些看似棉花糖般既圓又柔軟的雲朵正同時朝著某一個方向移動，我加快車速想要追上它們，眼前明亮的風景快速地從我的兩側一閃而過。

六條暢通無阻的車道上只有三輛車，我、恩祥姊和智頌握著各自的方向盤，踩著各自的加速器。時而，有人開在我前方；時而，有人開在我後方。此時，我前面是恩祥姊，她的右側是智頌，我跟在她們後面，心情怪怪的，但我很喜歡這種怪怪的感覺。

我把手伸向車頂，按了一下既扁又光滑的按鈕。全景天窗緩慢地打開，伴隨著非常微弱的震動音，我的眼前越來越亮了，脖頸感受到了陽光的溫暖和清涼的空氣，繫在右手腕上的馬車圖案的絲巾也隨風擺動起來。我用力踩了一腳加速器，隨即感受到整個人彷彿輕輕地飄起，太刺激了。我把方向盤轉向左側，進入超車道。我看向恩祥姊的方向，打開副駕駛座的窗戶，恩祥姊也打開了駕駛座的窗戶。充滿活力的風聲，被風吹亂的頭髮貼在臉頰上。我邊用手撩開頭髮，邊衝恩祥姊大喊：

「好舒服啊！」

恩祥姊的聲音穿透呼啦啦的風聲傳了過來：

「喂，有錢的感覺真好！」

我又朝恩祥姊喊了一句：

「姊！」

「怎麼了？」

「我愛妳！」

恩祥姊咧嘴笑了，她用拇指和食指比出一個小愛心伸出窗外。我立刻回給她一個飛吻。另一側的智頌開著車窗，她把太陽眼鏡移到頭頂，不甘示弱地喊道：

「姊！我更愛妳！」

恩祥姊的眼睛笑成了彎月，她直視前方喊道：

「看吧，我就說一切都會好起來的！」

恩祥姊稍稍將靠在座椅上的身體前傾，她的馬尾辮、綁著馬尾辮的絲巾和鬢角兩側的頭髮隨風往後飄，伸出窗外的手臂，隱約從袖口露出了刺青。朝滿月噴著火焰的小火箭。

「走吧！」

恩祥姊更換車道，進入超車道。我減速讓恩祥姊先過去，然後緊隨其後加速跟了上去，上半身舒服地向後仰躺下來。

＊

驅車半日，我們抵達一處不知名的海岸懸崖頂端。陡峭的懸崖上長滿茂密的松樹，盡頭還有一座散發著寧靜氣氛的八角亭。八根紅色柱子看起來粗大結實，上面的藍色屋頂無論遠看或近看都十分氣派。八角亭很大，三個人可以並排坐在面朝大海的長椅上。我們蹺起二郎腿，不由自主地晃動著蹺起的腳。

眼前是一望無際的大海，剛到八角亭時，海水只是泛起漣漪，但隨著海風越來越大，海浪也越來越高。每當驚濤駭浪拍打在懸崖上時，白色的浪花就會濺到我們身上，在我新買的亞麻材質的褲子褲管上留下點點水印，坐在一旁的恩祥姊用手背拂去水滴，開口說：

「那個……我說，一切都會好起來的，會飛奔到月球。」

智頌和我從兩側看向恩祥姊。

「怎麼說呢，其實那句話就像咒語一樣，我根本顧不了那麼多，只能說服自己必須相信會成功，但另一方面也很清楚失敗的可能性更大。所以有時候，我會覺得很痛苦。」

智頌一邊的臉頰抽動了一下，她把手放在恩祥姊的手背上。

「我知道，我也清楚。雖然明知道很危險，還是冒險了，就算全部賠掉，我也沒有要怪妳的意思。」

危險教人憂慮，但冒險就是要承擔風險。

我們三個人一直處在危險與冒險並具的某個地方。

我回想起決定承擔風險、賭上一切的那瞬間，把顧慮與謹慎視為奢侈的那瞬間，被甜蜜的提議迷惑的那瞬間。

「姊，妳還記得那時候妳對我說的話嗎？妳說，如今對我們來講只有這一個選擇了。虛擬貨幣就是卡通中才會出現的奇異隧道，它發出怪異的響聲打開入口，射出藍光，我們必須趁入口打開時趕快進去。沒有時間思考它從何而來，為什麼會發出那種怪聲，必須趁入口關閉前邁進去一隻腳。我們必須抓住這個機會，因為隧道的入口只會為我們這種人暫時打開而已。」

恩祥姊點了點頭，似乎想了起來。

「當時我就決定走進那個無法理解的入口了，因為妳說那些話的時候，我彷彿看到了那個入口的直徑正在一點一點地縮小。」

說不害怕都是騙人的，雖然心懷希望，希望沒有任何損失，但我真的沒有想到自己能從虛擬貨幣的風浪中安全脫身。

我一直很擔憂，不是有很多那樣的故事嗎？不知天高地厚，盲目貪圖小利，結果不僅損失慘重，甚至還遭到天譴。人最終都會為無止境地追求私利、貪圖富貴、永遠不知滿足的貪婪而付出代價。

「有些話，我現在才敢說。其實那時候我很害怕。雖然嘴上說飛奔到月球，但內心其實天天都在擔驚受怕，擔心全賠光了怎麼辦。」

「如果全賠光了妳會怎麼辦？」

「我盡量不讓自己去想這件事……但怎麼可能呢？雖說金額不多，畢竟是我的全部財產，甚至還有我為了買以太坊而去貸的款。現在想想，這一切真的太不現實了。」

「是啊，如果那些錢全都賠掉的話……」

「我當時心想，如果全賠了，就一死了之。」

我們沉默了片刻。智頌用平底運動鞋的鞋尖踢了兩下地面說：

「我也是這麼想的。」

智頌踢到的小石子在地上滾了幾圈，沒有停下來，而是一直往前滾。乍看之下，八角亭是建在平地上，但其實這裡存在著我們沒有察覺到的傾斜。小石子一直滾著，而且速度越來越快，最後越過很低的檻直接滾落懸崖。

我至今為止的人生就如那顆小石子般充滿了驚險。

我總覺得自己像是站在懸崖邊，彷彿因某人或自己的小失誤就會跌落下去，只要有人輕輕碰我一下，或是腳底打滑就會跌落懸崖。

每當我袒露這種心情時，耳邊就會想起這樣的聲音：妳有什麼好擔心的？妳現在不是跟我並肩穩穩地站在這裡嗎？到底有什麼好擔心的？妳這樣已經很好了。從某種角度來看，的確是這樣。但會講這種話的人都置身於茂密的松林之中，他們站在最安全的地方衝我大喊：「喂，妳站在那裡不會掉下去的！」但事實並非如此，絕不是他們說的那樣。我所在的地方很明顯是懸崖的盡頭，每當滾滾巨浪襲來，驚濤駭浪凶猛地拍打懸崖時，懸崖側壁的岩石便會逐漸被侵蝕。我所在之處的界線會變得越來越模糊，甚至可以清楚看到岩石被海浪擊碎。

但也有看不見的東西，那些被海浪擊碎的碎石掉落到哪裡去了？碎石落入深淵，根本聽不到它碰觸到地面的聲音。不知道結果才是最可怕的。

面對恐懼，只會教人束手無策。海浪擊碎岩石，擊碎了多少，我就往後退多少。就這樣，我一點一點地後退，無期限地推遲著自己跌落下去的時間。

我把支撐在長椅上的手舉到眼前，印在掌心上的木頭紋路清晰可見，一道道紅色的直線與彎彎的掌紋交錯在一起。不知為何，我心慌地抓住了八角亭的一角，感受到堅固且結實的觸感。我像是為了確認什麼而緊緊地抓著。

當我抬起頭時，恩祥姊正看向我。我有一件事情想問她。

「妳之前說要搞清楚錢的屬性，錢去了哪裡、流向了哪裡。」

「是啊。」

「妳現在搞清楚了嗎？」

恩祥姊收回停留在我身上的視線，眺望遠方，開口說：

「嗯，我現在似乎搞清楚了。」

「錢去了哪裡？」

恩祥姊凝視著大海，低聲說：

「錢都去找喜歡它們的人了。」

波濤洶湧的海浪拍打在岩石上，冰冷的浪花濺到我們臉上。我們一邊叫喊，一邊向後閃躲，看到彼此濕漉漉的臉，不禁大笑起來。笑聲和叫喊聲又重複了一遍。

後記

二〇一八年八月十八日

雖然已經活了二十九年，但每年都會經歷人生初體驗的事情。有時這些事情會讓人覺得神奇，有時會讓人感到茫然，有時會教人感覺很不可思議。今年的酷暑就是這樣，雖然近一、兩年的夏天都很熱，但像今年這樣的高溫還是第一次。天氣預報說這是有史以來最高溫度，連日來不斷刷新了酷暑的最高溫度和最長時間的紀錄。烈日當空的時候，只要走幾分鐘就會汗流浹背，無論去哪裡都感受到難以想像的高溫，無論到哪裡都會聽到人們抱怨熱得教人難以忍受。

因為酷暑，我週六一大早便帶著筆電出門了。本來就有些小毛病的空調在三天前徹底壞了，空調技師說隔天能來修理，結果突然推遲了一天，之後又改口說還要再等一個星期。白天去公司上班沒關係，但問題是晚上熱得根本睡不著覺。打開窗戶，深夜路上醉漢的高喊聲和霓虹燈的光亮便會傳進房間妨礙睡眠。雖然這比忍受酷熱好一些，但即使打開窗戶也不是很有幫助。因為室內通風不好，白天的熱氣會原封不動地留在房裡，即使整夜開著電風扇也會汗流浹背，好不容易睡著了也會再被熱醒。

我得趁烈日當空之前趕快離開這熱氣騰騰的房間。我睜開眼睛，為了洗去整夜流的汗水先洗了澡，然後喝一杯冰涼的牛奶，塗好防曬霜，換上涼快的衣服，把頭髮高高綁在頭頂，最後將充了一夜電的攜帶式迷你電風扇掛在脖子上，踩著涼鞋走出家門。僅僅是做完這些出門準備，我就已經一身汗了。我穿過幾個小時前還吵吵鬧鬧、但星期六一早便空無一人的美食街，快步朝小巴站走去。我已經想好目的地，我要去的地方非常安靜，那裡既有免費咖啡，還有不分晝夜開著的空調，以及軟綿綿、坐起來非常舒適的坐墊。那裡是可以透過落地窗將首爾盡收眼底的地方。

我正在前往公司。

*

沒有人強迫我週末也要上班。

雖然有些工作必須在週一完成，但那不過是兩、三個小時就可以完成的工作。其實在家裡也可以處理，但我還是選擇去公司。很多人可能不理解，為什麼週末還要特地跑去離家很遠的公司，當然，最初我也是這樣想的，但之前工作量大，必須週末自發性地去公司以後，我就明白了為什麼會有人這麼做。週末去公司不會像平時那樣耗費精力，從另一種層面來看還會有充電的作用，但前提是公司必須只有自己一個人。

公司比家裡寬敞，冷暖空調和空氣的質量也更加舒適宜人。電腦、椅子和辦公桌也都比家裡的舒適。仔細想想，我討厭公司，並不是因為公司這個空間，而是因為空間裡的那些人。那些交給我工作、施壓於我、言行超越我理解範圍的人。沒有人的公司就如同遊樂園鬼屋裡的鬼都下班了，換句話講就是，一點也不可怕了。在沒有人的辦公室裡，我穿著平時上班不能穿的舒適衣服，盤腿坐在輪子滾來滾去的椅子上，這能讓人產生莫名的快感。因為沒有人派給我新的工作，或者來跟我搭話，所以更能集中精力做事。

幸好今天我這組只有我一個人。反正要做的事情不多，我打算吃過午餐再來處理。在此之前，我打算先在涼爽的地方喝一杯免費咖啡，並計畫一下「賺到三億兩千萬韓圓之後的人生」。

我把辦公桌筆筒裡的各色原子筆並排夾在日記本上，解開綁在椅子上的坐墊夾到腋下，最後捧著筆電朝電梯的方向邁開腳步。經過茶水間的時候，我看到了很舊的冰箱，隨即想起一件事。對了，布丁！應該還在冰箱裡吧？

我打開冰箱，各種味道撲鼻而來，喝剩的牛奶、各種健康果汁、已經乾掉的便利商店沙拉和裝在保鮮盒裡的小菜。我把在便利貼上寫有主人名字的東西逐一拿出來放在地上，然後才看到冰箱最裡面一個小罐子模樣的玻璃瓶。

還在！我在心裡高興地喊道。小巧可愛的玻璃瓶上貼了一張心形便利貼，上面寫著：「親愛的多海姊，今天也要加油喔！」這是前幾天智頌買給我的布丁。會計組聚餐後去了一間很有名的甜品店，智頌覺得非常好吃，所以給我也買了一份。我當時捨不得吃，就先放在茶水間的冰箱裡，之後就把它忘在腦後了。我取出布丁，再把其他東西放回原位，關上了冰箱門。我把玻璃瓶倒過來，看到瓶底的焦糖，但保存期限已經過了。我又把玻璃瓶翻回來，打開瓶蓋聞了聞，一股甜甜的蛋奶味道傳來。光是聞一下味道，口水就流了出來。我覺得應該還能吃，於是在研討會後剩下的物品箱裡翻找出一個塑膠湯匙。我打算一邊喝冰咖啡，一邊品嚐布丁。接下來還需要找些冰塊。我看到冷凍庫的門上貼著一張帶有警告語氣的便利貼。

夏天冷凍庫很擠！

每人僅限一個製冰盒！

拜託！禁止使用三十格以上的製冰盒！

真是受夠了！我小心翼翼地打開冷凍庫的門。如果稍不留意，裡面塞滿的製冰盒就會嘩啦啦地掉在地上。上個星期，因為這件事還發生過爭吵，吵架的聲音大到整層樓的人都圍上去觀戰。也許因為這件事，之後冷凍庫的門上便出現各種各樣的警告便利貼。幾十個五顏六色的製冰盒就像俄羅斯方塊羅列在一起。我找到寫了「鄭多海」三個字的淺綠色製冰盒，然後像玩疊疊樂一樣，小心翼翼地將它抽出來。我打開半透明的盒蓋，抓著兩邊往反方向一擰，伴隨著冰粉末，冰塊也從製冰盒裡掉了出來。製冰盒裡只剩下五塊冰塊，我把全部都放進隨行杯，然後在空了的製冰盒裡裝滿飲水機的水，重新蓋上盒蓋，小心翼翼地不讓水流出來，插回原來的位置，最後輕輕關上了冷凍庫的門。那帶有警告語氣的便利貼再次映入我的眼簾。「每人僅限一個製冰盒！拜託！禁止使用三十格以上的製冰盒！」每次看到這幾句神經質的話就教人心煩，但轉念一想，正因為有人出面，我才有了可以放製冰盒的空間。天氣持續高溫，大家都買了製冰盒，但是現在再多一個都放不進去了。如果這層樓有新人進來的話，就只能去便利商店買冰塊，或是去咖啡店買冰咖啡喝了。天啊，這要花多少錢啊！我曾想過，如果真有這樣的人，那擁有製冰盒的人其實可以分給他們一些冰塊，但想到那些佔用冰箱的自私嘴臉，又覺得這是不可能的。我把坐墊和日記本夾在腋下，把布丁和隨行杯放在筆電上，小心翼翼地捧著像是托盤的筆電上了電梯。我的目的地是頂樓八樓。

我們公司在雙數樓層才設有自動咖啡機。我在三樓，所以每次都要去二樓或四樓使用咖啡機。有一次，偶然得知組長經常去八樓喝咖啡，於是我問了他原因，這才得知驚人的事情。組長說，二、四、六樓的咖啡豆都是廉價中的廉價貨，只有八樓使用的是高檔咖啡豆。公司為了八樓的少數人，也就是公司代表、咸博士和幾名高階主管而另外準備了高檔咖啡豆。組長還說，因為自己對咖啡的味道很敏感，所以趁八樓人少的時候，會偷偷過去喝咖啡。

我平時沒有勇氣，但週末也會到八樓喝咖啡，而且八樓還設有非常舒適的休息空間。型似吧檯的桌椅面朝落地窗，坐在那裡可以將首爾的景色盡收眼底。我把東西放在桌子上，拿著隨行杯走到咖啡機前。八樓的濃縮咖啡機乍看就與其他樓層的咖啡機不同，我按下雙份濃縮的按鈕，伴隨著令人心情愉悅的機器聲，香濃的咖啡氣味飄了出來。就在這時——

不知從哪裡傳來了雷聲般的轟隆響聲。我轉頭望向聲音傳來的方向，看到一個不尋常的原木隔板。隔板上方的圓柱上還掛了格紋的簾子。聲音明顯是從那裡傳出來的，可見簾子後面一定有什麼東西。我邁開步伐朝隔板走去，在這個過程中，微弱的震動音一直響著，但是當我抵達隔板前時，聲音一下子停止了。到底是什麼呢？我伸手拉開簾子，只見一個巨大的黑色機器表面映照出我模糊的輪廓。這是什麼？難道是？我抓住像是把手的東西往上一抬，頓時一股冷風迎面撲來。

天啊，裡面全是硬梆梆的方形冰塊。我目瞪口呆地俯視裡頭堆積如山的冰塊，製冰機非常大，大到難以預估裡面有多少冰塊，角落處還斜插著一把銀色的冰鏟。高檔咖啡豆和製冰機，這也就算了，竟然還要用簾子遮藏起來，真是太小氣了。這期間，製冰口仍不斷地掉出新製成的冰塊。

我下意識地看了一眼身後，確認沒人以後，才用冰鏟挖滿冰塊裝進隨行杯，直到杯裡的冰塊滿到杯蓋蓋不上為止，我關上製冰機的門，最後拉上簾子。我走到窗邊的桌子時，杯裡的冰塊一直發出相互碰撞的哐噹聲。

我把坐墊放在椅子上，坐下後，翻開日記本。

接下來的時間，我要好好計畫一下沒有債務並且多了三億兩千萬韓圓的人生。我在空白頁上寫道：

一、家

雖然我很喜歡現在佈滿ＬＥＤ小燈泡的溫馨空間，但這間一點二的房子冬天太冷，夏天又太熱，而且空調也壞了。打開窗戶，醉漢的講話聲、霓虹燈的光亮和餐廳廚餘的味道就會竄進房間。確實應該搬家。我希望下次搬家可以滿足以下條件：

通勤時間控制在四十分鐘以內。至少兩個房間。客廳和廚房分開。通風要好。有停車場。有陽臺。最好是新建的，高層公寓更好。附近最好有公園。九月中搬家。全租屋[7]。

恩祥姊總要我買房，而且還是比我預想的多出一個房間和廁所的寬敞公寓。恩祥姊說最近自己也在為買房做功課，但她可不是坐在書桌前做功課，而是到處去看房。她就像是馬上要搬家的人似的，跑到房屋仲介公司詢問有沒有要出售的房屋。她說必須掌握並了解每一區的房價、基礎設施和氛圍，才能衡量得失。

雖然我知道恩祥姊說的都很有道理，但老實講，我不懂房地產，而且也沒有膽量厚著臉皮裝成要買房而去到處看房子。那種房子太貴了，要買的話還要貸更多的錢。就算貸到錢，買下很貴的房子，如果住了一段時間之後變心了怎麼辦？想要賣掉的時候，房價大跌怎麼辦？我也有想要買房的念頭，但當下還是決定打探一下全租屋。我在全租屋這個詞上畫了幾個圈。說實話，憑藉自己的能力可以住上全租屋，不用每個月繳月租，我已經很開心、很滿足了。我在幾個圈旁邊又畫了一個星星的符號，然後翻到下一頁寫道：

二、公司

我托著下巴望向窗外的風景，只見遠處一輛象牙白的休旅車駛過。那輛車和母親開的小巴一樣。母親沒能再駕駛那輛九號小巴了，她痊癒之後，不得不又休息了一段時間。不久前，她打電話來，說在J-mart超市找到一份收銀的工作。J-mart離家很遠，而且出事之後只要陰天下雨，母親的腿就會痠疼。想到這樣的母親還要站著工作，我很擔心，但母親說沒事，自己還能工作。

「在超市能看到人們買些什麼東西，大家都買很多瑪龍製菓的零食。平時賣得最好的是巧克力棒，天氣熱的時候，冰巧克力棒特別暢銷。」

母親還說，每當在收銀檯看到我們公司的產品時，就會想到這是我女兒做的產品，我女兒做的東西這麼受歡迎，我女兒很有能力，我女兒是社會上需要的人才。想到這些，母親會備感欣慰。只要你說在瑪龍製菓上班，大家就會理所當然地認為你是在做巧克力棒。我心生一股衝動想告訴母親：

媽，我做的工作跟巧克力棒一點關係也沒有，我最近負責的產品是……蘋洋片……蘋果味道的洋芋片……妳聽說過嗎？媽，我做的這個產品可能

7 韓國特有租屋模式。對房東來講，「全租」是一種無息的融資方式；對租戶來講，則是不用承擔高額稅金，用遠低於買房的資金一筆繳納押金後，獲得一定時間房屋的使用權，期滿還房時，可全額拿回押金。

銷量很差。那零食……只有幾個地方在賣。名字叫什麼蘋洋片，改個名字或許能好一些……這不是馬鈴薯味道的蘋果片，而是蘋果味道的洋芋片，所以只能叫蘋洋片。可是有誰會想吃這種東西呢？人們對這種口味的洋芋片愛憎分明，當然，還是有喜歡的人，託他們的福，我才能領到薪水過日子。媽，這款零食的口味很奇怪，但吃起來並沒有想像中難吃。

這些話一直憋在口中。我默默地笑著，不開口就沒有辜負母親認為我在為巧克力棒做貢獻的期待。

我放下手中的筆，打開智頌送我的布丁的瓶蓋。我本來想用免洗湯匙挖布丁吃，但遺憾的是，瓶口太窄，湯匙根本塞不進去。我用力插了幾下，只能放棄。我把舌頭伸進瓶口舔了起來，焦糖布丁的甜味溫柔地纏繞著舌尖。啊，好好吃……但用舌頭只能吃到一點點。我又蓋上瓶蓋，隨即看到桌子底下的零食箱，裡面裝著巧克力棒、迷你巧克力棒和各種瑪龍製菓的零食。我拿出一個半月形的巧克力派，撕開包裝紙放進嘴裡。那是熟悉的味道。在非常熟悉的巧克力和麵粉味之後，舌頭感受到了軟綿綿且濕潤的棉花糖。在這些味道消失之前，我吸了一口冰咖啡心想，老實講，我們公司的零食很好吃。無論如何，這都是不可否認的事實。

我沉迷於虛擬貨幣的時候，一心只想賺大錢後就辭職。但真正賺到錢以後，辭職的想法卻沒有那麼強烈了。我辭職後能做什麼呢？我不像智頌有創業的計畫，也沒有特別喜歡做的事情。那就從現在開始慢慢找吧。但能不能找到又是另外一回事了。最關鍵的是，等我找到全租屋之後，幾乎就沒剩多少錢了。

但我還是想要快點搬家。等這次找到全租屋之後，我就再也不用繳月租和利息。工作了六年，現在終於可以存下一點錢。之前我就像一直在往破洞的缸裡倒水，如今那三億兩千萬韓圓剛好幫我把破洞補好了。

其實，我沒有之前那麼討厭上班了。工作是一件既有趣又很讓人心煩的事情。那麼，先……暫時……我一邊喃喃自語，一邊用最端正的字體寫道：

暫時，繼續工作吧。

解說

阿波羅計畫，AGAIN！

一、風俗的解剖學

張琉珍是一位比任何人都更敏感地捕捉當今韓國社會世態的作家，不僅如此，她還具有以幽默感及速度感並具的文體敘事的卓越才能。也許有人會對「世態」一詞皺眉頭，這是因為將「社會小說」劃分為缺乏思想的自然主義模仿之作以後，「世態」一直被負面評價為未能掌握世界本質，只停留在單純的表象觀察。雖然百餘年前便出現立論，但是將「世態」視為無力地描寫個人眼中瑣碎現實的觀念仍根深蒂固。

這是任何人都能感知到的客觀態度，問題是，在閱讀前，我們會誤以為這是已經擺在我們面前顯而易見的現實。但「世態」畢竟是由作家構思出來的，更接近於成功再現現實一部分的「人為構成品」。這裡頭蘊藏著某種指引，作家的寫作技巧越巧妙，這種指引便越難被發現。作家獨特的視角和運用文體的功力越深厚，讀者在閱讀作家創造的現實時，越容易陷入甜美的錯覺之中。沒錯，這就是我們在閱讀張琉珍的小說時能體驗到的感覺。

張琉珍以文學風俗確保了當今韓國人生活裡的現實感。如果說，風俗始於社會結構和個人欲望，那麼協調社會環境中具有生機的任務就成了衡量「風俗解剖學」成功與否的重要標準。張琉珍在這一點上正開拓著獨一無二的領域。她塑造的人物在被看成個人的瞬間，讀者便會本能地想到自己所處的環境，融入角色，並與社會規定的力量抗衡。在這個可以概括為「三名含著土湯匙出生的女性搭乘虛擬貨幣列車記」的故事中，最吸引我們的便是每個人物既鮮明又立體的存在感。

雖然把故事概括為「三名含著土湯匙出生的年輕女性搭乘虛擬貨幣列車記」，但構成這句話的每一個概念用在解釋當今韓國的現實時，都具備了讓人不容忽視的力量。「土湯匙」是一個貫穿並與低增長局面相呼應的世襲資本主義化趨勢的關鍵詞，「年輕女性」則是觀察當今韓國社會存在的現實問題以及以文學再現的現實情況所不可缺少的主體，「虛擬貨幣列車」代表了當今普遍年輕人所經歷的社會經濟的幽閉感，與此同時，也讓人聯想到可以驅使抒情詩人奔向金礦的「黃金時代」，追溯到長久以來沁透社會的「投機取巧主義」。

二、飛越失落的時代

雖然故事的主角多海、恩祥姊和智頌各自性格不同，但是從「每個人家裡都因為各種原因欠下很多負債，而且至今仍未還清。我們住在房租便宜且沒有人氣的地段，居住型態是月租，分別住在五坪、六坪和九坪的單人套房」中可以看出，她們處於相似的社會經濟地位。儘管出身貧寒，但都成功進入了耳熟能詳的大企業。表面上她們的生活看起來還不錯，但是在「保守的組織，蠢到家的主管，少得可憐的薪水，沒有人舉薦和提拔的人脈，學不到任何東西且毫無發展、只能靠一己之力處理的業務，沒有特別的革新和刺激，似乎一輩子只能停滯不前、維持現狀的業界」之中壓抑、消耗著自己的能量。她們清楚地意識到積攢的一切是多麼微不足道且容易被摧毀之後，也難以擺脫不安。她們就像「再怎麼按前進鍵，都像腳上綁著沙袋一樣沉甸甸的，只能慢慢往前走」的遊戲角色一樣，被鎖鏈綑綁在弱肉強食的世界裡，每個人都希望「解開拴在腳踝上的鎖鏈」，自由自在地飛翔。

但綑綁她們腳踝的鎖鏈卻是不同品牌的鎖鏈，很久以前馬克思說過一句名言：「無產者在這個革命中失去的只是鎖鏈，他們獲得的將是整個世界！」但這三個人顯然距離「勞動光復」很遙遠，擺在眼前的只有「虛擬貨幣」。作者用卡通《超時空遊俠》中的「飛天壺」來比喻這種不可思議的「虛擬貨幣世界入口」，真是教人讚嘆不已，但這種「入口」並不是最近才出現的。最近人們將資本主義的投機性質稱為「賭場資本主義」，資本主義會將哪怕只握有少許資金的人也視為潛在投資者。從朴泰遠的「黃金狂」（《小說家仇甫先生的一天》，一九三四）到蔡萬植的「美斗」（《濁流》，一九三九），再到朴婉緒的「房產」（《樂土的孩子們》，一九七八），請看看韓國文學史的家譜吧。現在我們可以把張琉珍的「以太坊」也列入其中了。

有趣的是，有別於之前的「投資家譜」，投資虛擬貨幣則披著純潔、無害的外衣。這種無害和純潔似乎是作者有意採用的敘事戰略。作者將得與失詳細地整理在資產負債表中，其中最大的收穫莫過於擺脫媒體的兩非論。追捕虛擬貨幣熱潮光明與黑暗的媒體，應該盡可能地報導豐富且均衡的新聞，但媒體的道德準則未必與小說一致。

選讀好的小說，當這種選擇正確的時候，我們最終會被說服。張琉珍的這個故事不是設有停靠站的慢車，而是令人頭暈目眩的雲霄飛車。由此我們可以提出兩個問題：第一，雲霄飛車是否適合這種敘事素材？第二，這種雲霄飛車的設計是否讓乘客感受到足夠的刺激感？我的答案是肯定的。反覆「暴漲」與「暴跌」的虛擬貨幣曲線圖與雲霄飛車極為相似，這使得對虛擬貨幣冷嘲熱諷的讀者（比如我）也會在某一瞬間忐忑不安地為三個主角捏一把冷汗，為她們的欲望能夠成功而加油。

這種支持與共鳴源自於我們切實感受到了小說中她們所感受到的毫無希望、停滯不前的現實處境。雖然只是避免原地踏步，但無法實現夢想的年輕人，透過張琉珍的雲霄飛車體驗了實現欲望的滿足感。乍看之下，這種滿足與虛擬貨幣的虛擬性相似，但是讓自己的未來依賴於這種虛擬性的現實卻絕不是虛擬的。

「現在我只想裝上推進器，一飛沖天。我渴望跳躍、渴望飛奔，很想體驗一下漫步青雲的感覺。投資是我人生中從未做過的事情，甚至連想都沒有想過，所以自然不會有期待和盼望。」

甘迺迪政權委任的外交政策顧問羅斯托（W．W．Rostow）提出經濟成長分為五個階段：傳統社會、為起飛創造前提條件、起飛、趨向成熟和高額大眾消費時代。羅斯托在一九六五年訪韓時對朴正熙總統說：「現在韓國正處於起飛階段。」雖然這件事並沒有傳為佳話，但當時受到羅斯托鼓勵的朴正熙開始大力推動近代化，雖然伴隨著嚴重的問題，但韓國經濟確實有了突飛猛晉的發展。當時的韓國人切實感受到了經濟起飛，但對於現在的年輕人而言，這種起飛只是「人生中未曾有過，也不存在於想像中的」褪了色的神話而已。一九六九年，美國「阿波羅計畫」把人類送往月球取得成功時，韓國的經濟也開始扇動翅膀準備起飛。

全球金融風暴之後，隨著低增長局面的穩固化，世襲資本主義的趨勢也越來越嚴重，然而個人躍進的欲望並沒有因此消失。雖然欲望沒有消失，但面對現有方式無法滿足自身的欲望，今日的人們產生了不同的態度。有些人為了控制世俗欲望，自行建立適當的生活方式，開發「自我技術」；有些人則像小說中的主角一樣，為了實現欲望甘願冒險投資。那種欲望是多海微不足道的住房需求「我要的是一點二，不是一。我非常需要那額外的零點二」；是智頌發自內心「我現在不在乎對方喜不喜歡我了，我只想跟自己喜歡的人在一起」；是讓恩祥姊憤怒不已，轉為攻擊性的「對你而言，這就足夠了」。

雖然各自的熱度不同，但所有欲望促使著主體為了實現目標而冒險。事實上，這個故事最大的魅力之一是採用了冒險敘事的形式。故事中有帶領大家朝著陌生之地勇敢前進的領導者（如果我告訴妳們的話，妳們也一起試試看嗎？），以及忠實擁護並追隨領導者的人（將軍大人！我只相信妳！），以及一開始心存質疑，但因某一個契機轉變心意，最後比任何人都更大膽的角色（那個……其實，我還沒賣。）。正如我們小時候讀的《魯賓遜漂流記》（一七一九）和《金銀島》（一八八三）隱密地反映出帝國主義膨脹的欲望一樣，這個故事也是當今年輕人不放棄欲望而展開的冒險故事。

三、「大團圓結局」之後的人生

她們的冒險成功了。「為我們這種人暫時且偶然打開的，唯一的機會。」讓恩祥姊成為了擁有三十三億韓圓的資產家，智頌打算用賺到的錢做進口臺灣黑糖的生意，她很快就會掀起「黑糖熱潮」而取得巨大的成功。（當然，這不過是一種暗示，故事裡並沒有寫。）多海則與大家不同，她打算搬進客廳和廚房分離，且帶有陽臺的公寓。雖然迫切地希望賺大錢後辭職，但最後她還是選擇了繼續工作。因為她沒有做生意的計畫，而且僅憑三億兩千萬韓圓難以確保辭職後的生活，然而，更重要的是她不想違背母親因誤會而覺得「我女兒是社會上需要的人才」。

就像「口味很奇怪，但吃起來並沒有想像中難吃」的蘋洋片一樣，雖然公司會剝削多海「不曾意識到的，過去曾經擁有過」的什麼，但那裡卻是個如冷凍庫的製冰盒般堅固的地方。沒有辭職的多海告訴我們，即使大團圓結局之後，生活還是要繼續。這與前面提到的雲霄飛車一樣，坐雲霄飛車的時候我們會忘記現實，享受無限的速度感，但等到減速後，就必須重新回歸日常生活。從多海的情況來看，坐雲霄飛車前後的生活是不同的。如果說之前的生活是「一直往破洞的缸裡倒水」，那現在就是「三億兩千萬韓圓剛好幫我把破洞補好了」。

但是，當今的大多數年輕人很難期待自己像多海那樣幸運。因此，如何讓更多的人以平等的社會條件享受與多海一樣的生活成了「大團圓結局」之後的問題。當然，這部作品並沒有正面提出類似的問題，也許思考這樣的問題與尋找答案成了讀者的責任。但張琉珍即將展開的作品世界，似乎不會遠離闔上這本書之後留下的問題。因為作者在故事的最後延續了「大團圓結局」之後的人生，這成為填補未來的另一個故事。張琉珍透過這個輕快的冒險故事成功喚起人們對她未來要寫的故事的期待與關心。我已經開始好奇她接下來要寫的故事了。

韓永仁（文學評論家）

作者的話

二十幾歲的時候，我經常會想「唉，誰要是能給我一百萬韓圓就好了！」，特別是在上個月的薪水快要見底，距離這個月的薪水進帳還有十幾天的時候，我幾乎每分每秒都在想著這件事。到了三十幾歲和相識已久的男友尋找一起生活的婚房時，我又希望「要是誰能給我一億韓圓就好了！」。很多人和我們一樣，找房子的時候，如果有一、兩點條件符合自己的期待，就不得不放棄其他條件。每當這時，如果作了吉利的夢，我就會立刻去買樂透。夢到龍、血、大便、世界巨星、體育明星、前任總統和先祖的時候，我就會去買樂透。我買樂透有一個原則，不會告訴任何人我夢到了什麼，然後只去中過頭獎的店裡買。等待結果的期間我會想，如果有了錢是否就能找到我夢想中的房子呢？這本書出版的時候，很難想像房價的行情，但是在六年前，只要有三億韓圓就可以不放棄任何條件找到理想的房子。等待樂透結果的時候，我又開始想「啊，要是能有三億韓圓就好了！」。

雖然沒中樂透，但幾年後我成了小說家。

小說家這種職業的優點是，只要有鍵盤和螢幕就可以創造出任何故事。我想寫一個「給某人三億韓圓的小說」，因此構思第一部長篇小說的時候，我決定寫一個「分給多海和她的朋友們三億韓圓的故事」。反正是小說，我可以隨心所欲地給大家錢。雖然小說始於這種單純的想法，但寫起來卻很複雜……即使是這樣，我還是希望可以有一個滾滿糖般的結局。這就是在寫這部小說之前，我事先定好的食譜。

*

瑪龍製菓是一家虛構的公司。公司內部的評分等級和相關笑話都是我之前在公司上班時與同事感嘆、分享的內容，但小說中只運用了其中一部分。評分等級的名稱也與實際不符。位於濟州島，設有專用走廊的七星級飯店也是虛構的，用水泥黏合的石塔也都是假的。但我在韓國其他地方見過類似的石塔。牙山市內也不存在九號小巴。

關於瑪龍製菓的組織結構和業務內容，我請教了在食品公司擔任商品開發員的朋友J；智頌受傷後送往醫院急診室的場面，請教了醫生N；偉霖的名字和一部分相關對話，請教了翻譯家W。藉此機會感謝百忙之中幫我審閱內容的三位。

恩祥姊在公司開設的「江恩祥商會」，借用了之前職場同事K的「OO商會」的名字。有別於以盈利為目的的江恩祥商會，K只是把好吃的零食分給大家。感謝K爽快地同意讓我使用了這個名字。「錢都去找喜歡它們的人了」這句話是我和三個讀社會系的朋友在聊天室裡自嘲時聊到的內容，感謝第一次講出這句話，並欣然同意我寫進小說的朋友Y。

感謝鄭世朗作家幫我寫了堅定有力且閃閃發亮的鼓勵推薦，感謝韓永仁評論家給了我未來寫作的動力，感謝用熱情為我加油打氣的金善英編輯。藉此機會，向三位表達特別的愛意與感謝。

*

因為是第一次寫長篇小說，所以我非常緊張。小時候吃零食時，我不會刻意擦去留在指尖上的零食醬料，而是在吃完整包零食後一邊吸吮手指，一邊心想：「嗯，這包零食還滿好吃的。」我默默期待讀完這本書，翻到最後一頁的讀者也可以在最後產生「嗯，這本書還滿好看的」感受。即使在闔上最後一頁時，忘記之前的一切，但只要能留下這種感受，我便別無他求了。

文學森林YY0259

我們想去的地方

달까지 가자

作者
張琉珍

一九八六年生。延世大學社會學系畢業。二〇一八年短篇小說〈工作的快樂與悲傷〉榮獲第二十一屆創批新人小說獎，二〇二〇年再以短篇小說〈研修〉榮獲第十一屆新人作家賞，同年拿下第七屆沈薰文化大賞。她以自身在IT產業七年的工作經驗為創作基石的第一本小說集《從此好好過生活》，空降書店排行榜，改編電視劇，在文壇與社群網站上都人氣十足。二〇二一年出版長篇小說《我們想去的地方》。

譯者
胡椒筒

專職譯者，帶著「為什麼韓劇那麼紅，韓國小說卻沒人看」的好奇心，闖進翻譯的世界。譯有《謊言：韓國世越號沉船事件潛水員的告白》、《那些美好的人啊》、《蟋蟀之歌：韓國王牌主播孫石熙唯一親筆自述》、《信號Signal：原著劇本》、《您已登入N號房：韓國史上最大宗數位性暴力犯罪吹哨者「追蹤團火花」直擊實錄》、《最後一個人：韓國第一部以「慰安婦」受害者證言為藍本的小說》、《朴贊郁的蒙太奇：韓國電影大師朴贊郁首部親筆著作》、《如果我們無法以光速前進》等。

書封設計　Bianco Tsai
內頁排版　立全排版
責任編輯　詹修蘋
行銷企劃　楊若榆
版權負責　陳柏昌
副總編輯　梁心愉

初版一刷　二〇二二年四月二十五日
定價　新台幣三六〇元

ThinKingDom 新經典文化
發行人　葉美瑤
出版　新經典圖文傳播有限公司
地址　10045臺北市中正區重慶南路一段五七號十一樓之四
電話　886-2-2331-1830　傳真　886-2-2331-1831
讀者服務信箱　thinkingdomtw@gmail.com
臉書專頁　http://www.facebook.com/thinkingdom/

總經銷　高寶書版集團
地址　11493臺北市內湖區洲子街八八號三樓
電話　886-2-2799-2788　傳真　886-2-2799-0909
海外總經銷　時報文化出版企業股份有限公司
地址　桃園市龜山區萬壽路二段三五一號
電話　886-2-2306-6842　傳真　886-2-2304-9301

版權所有，不得擅自以文字或有聲形式轉載、複製、翻印，違者必究
裝訂錯誤或破損的書，請寄回新經典文化更換。

我們想去的地方 / 張琉珍作 ; 胡椒筒譯. -- 初版. --
臺北市 : 新經典圖文傳播有限公司, 2022.04
312面 ; 14.8*21公分. -- (文學森林 ; YY0259)
ISBN 978-626-7061-19-0(平裝)

862.57　　111005087

달까지 가자
Copyright ©2021 by 장류진（張琉珍, Jang Ryujin）
All rights reserved.
Originally published in Korea by Changbi Publishers, Inc.
Complex-Chinese Translation copyright © 2022 by THINKINGDOM MEDIA GROUP(TAIWAN)
Complex-Chinese edition is published by arrangement with Changbi Publishers, Inc.
through Eric Yang Agency
Printed in Taiwan
ALL RIGHTS RESERVED.